馬背上的少

徐慧芳——著
劉彤渲——圖

目錄

名家推薦

淩性傑（作家）

《馬背上的少女》是一本影視感強烈的小說，作者以緊湊的情節、豐富的畫面、鮮明的人物性格，刻畫出一段奔馳飛越的成長歷程。其中對馬術運動的介紹，亦能突顯出某些競技項目所隱含的社會階級、文化資本。馬術運動考驗選手與動物的默契，人與馬有各自的性格與天賦，兩者之間的關係狀態，決定了比賽成績。這項運動有貴族氣息，被稱為「王者的運動」。小說中的主角曾摔馬受傷，三年後重新登上競技場，突破心理障礙的過程寫得絲絲入扣。這本小說實踐了類型書寫的可能，精彩，耐讀，激勵人心，相當有魅力。

許建崑（中華民國兒童文學學會理事長）

這是一齣諷刺喜劇，一如韓劇，好看極了。小主角簡頤光的炫富，剛開始很讓人反感。當母親陪伴弟弟去日本學圍棋，父親經濟負擔重了，她認命在馬場打工。然而，更大的炫富者宋以琳出現，簡頤光簡直變成了小蝦米。

素材新鮮，又暗藏著有許多馬術常識，如馬匹運動後刷洗，馬背會流出如乳汁般的白色半透明汗水。整篇故事不斷有意外的反轉，讓人驚愕而不能不追蹤下去。故事中人物對話生動，而且話中有話，凸顯了阿福、小琴、爸爸等人的性格。情節、人物、主題、知識、場景都到位，是國內少數精彩的少年小說之一。

鄭淑華（國語日報總編輯）

故事主軸描繪少女經歷馬術比賽訓練過程，從中摸索克服心理障礙，學習如何自我突破與成長的心路歷程，也側寫其他少女成長的困境與抉擇，呈現生命經驗的多樣性。整體節奏明快，人物刻畫鮮活，對話幽默蘊藏機鋒，是極富娛樂性的少女成長小說。

故事以馬場作為背景，取材難得，對於馬匹、馬術運動等相關專業背景知識描述深入淺出，生動融入情節而不顯造作，不僅擴增兒童小說的書寫經驗與視野，也增添閱讀的新奇感。

三年前的意外

1

該怎麼說呢，騎馬跳障礙的感覺？

有點像在樂園裡玩海盜船，俯衝時心臟先懸在半空中，慢了一秒才掉下來，心頭一陣酥麻癢，有如電流傳過。

「拜託，玩海盜船的等級那麼弱，怎麼能和跳障礙相比呀！」聽到我這樣比喻，阿福教練翻了白眼。「騎馬不能綁安全帶，不小心就會摔出去，武功要很高強的！」

我打賭如果你親眼近距離看過馬術障礙賽，絕對會被感動。當一匹馬飛奔而過時，五百公斤的重量落在四蹄踩在沙地上，每一步都會發出一記又重又悶的響音，馬鼻噴一口氣，就像廚房的壓力鍋洩氣閥一樣嚇人。即使我現在是個國中生了，見到高大的馬仍會心生敬畏。

至於真正騎在馬背上，那又是另一種感覺了。平常習慣高度一百五十公分以下的局限視野，一上馬突然被拉高到二百公分的遼闊，再加上馬背上的激烈震盪，會讓視覺記憶像是手持攝影機拍出來的晃動不安。

三年前的那一天，當時我只有國小三年級，雖然我記不清楚確切時間，但放學後的黃昏夕陽偏斜刺眼，應該是初秋。我一如往常，到家附近的「西敏馬場」上馬術課，順便等爸爸接我。當時我才剛學會騎著馬快步，正在練習場的邊邊不斷繞圈圈，場中央擺了高高低低的障礙竿，有幾個障礙選手正在練習，場內熱鬧擁擠。

「小光妳在幹嘛，專心！今天馬又多又快，不可以到中間！」阿福教練在場邊用對講機喊我。

「我只是看一下嘛。」我嘴裡嘟囔著，邊拉著小馬「閃電」往障礙竿靠近。

閃電是少數在西敏馬場出生的馬，牠的皮毛是咖啡色的，但鬃毛卻冒出一道白色彎曲的線條，白線條一路延伸到脖子上，就像一道閃電，因此被這樣命名。雖然名字很帥，但閃電有個怪毛病，常常忘記把舌頭收回去，斜掛在嘴巴外，教練常笑那道白線不是閃電，是暗巷裡鐵捲門

上的塗鴉噴漆。

我當時拉著閃電靠近障礙竿，打算目測跳起來可能多高，接著我聽到後頭沙地上傳來重低音，阿福教練大喊：「靠邊！快靠邊！」我拉韁想往旁閃，可是來不及了，閃電被疾馳而過的大馬嚇到，立即撒腿狂奔，我坐在鞍上被震得屁股彈了好幾下，還來不及坐穩，閃電就跳過一道低矮的障礙竿，我重心不穩人斜掛在馬的右側身，勉力用腳勾住，但閃電轉一個彎又跳過另一道障礙，突如其來的衝力把我向天空甩去。

「啊——啊——」我還沒叫完呢，在落地瞬間我瞥見閃電的腿絆到障礙竿，也跌跪在地，接著我就眼前一片黑。

醒來的時候，我已經躺在醫院了。

頭好痛，左手……更痛！怎麼回事，我的左手為什麼纏了層層的紗布，該不會手斷了吧？

爸爸和媽媽在床邊，看到我醒來鬆了一口氣，然後爸爸忍不住大罵：「妳到底在幹嘛，教練叫妳靠邊，妳為什麼不聽話？」

媽媽則忍不住罵爸爸：「我早就說騎馬很危險，總有一天出事吧，你們兩個不聽我的，現在好了吧！」

爸爸兩面開戰：「她是因為不聽話亂跑，如果聽話怎麼會有事呢！」

「我的手好痛喔……」我打斷爸媽的戰爭。

「妳的手腕骨折了，準備要開刀上鋼釘，現在妳千萬不要亂動。」

媽媽扶我坐起來，打開一瓶礦泉水餵我喝。

不久爸媽又陷入摔馬是誰的錯的口角中，我坐床上默默聽著，忍不住嗚咽哭起來。

媽媽以為我是手痛或是後悔自責，爸爸以為是媽媽不准我騎馬導致我難過得哭了。其實我心裡難過的是，為什麼我不是斷右手呢？如果斷右手我就不用寫功課了，偏偏斷的是左手，我不但功課沒逃過，做其他事都不方便，也不能打電動，真是太淒慘了。

「簡頤光，妳真的會把我嚇死。」阿福教練的聲音從門口傳來，他氣喘噓噓提著水果、甜甜圈走進病房，急匆匆趕來連馬術襪與馬褲都來不及換下，鞋子上還沾著沙。

「馬場調出監視器錄影畫面了。」阿福教練掏出手機，找出我摔馬的影片給爸爸看，原來我摔出去時，用手撐向地面，衝力太大的關係把手腕折斷。

「摔馬時，手要緊抓韁繩最後才放，不可以用手去撐地，不是講過很多次了嗎……」阿福教練與爸爸同時對我嘮叨。

媽媽怒氣沖沖：「跌倒了用手撐地，這不是人的本能嗎，她就是個小孩能多厲害呀？」又音調拉高指責爸爸：「簡振興，你是獸醫當太久，忘記你女兒不是馬，是人嗎？」

爸爸是個獸醫，不過他不是一般看小貓小狗的獸醫（如果是就好了，我真希望家裡有很多貓貓狗狗），他是專門看馬的獸醫，因為馬太大了沒辦法載到診所看病，所以他平常都是提著器具，開車在台灣南北奔走，親自到各馬場農場幫動物治病。

媽媽和教練說的都對，人跌倒時用手撐地保護自己是本能，但在馬背高速行進下，摔下來的衝力很大，只能用身體去翻滾分散衝擊力。

病房的空氣十分尷尬，爸爸知道是我自己沒遵守規矩，但媽媽責備的眼神讓教練心情不好受，爸爸趕緊搭著教練的肩到外頭說話，免得又踩到媽媽的地雷。

沒想到這一跌，就讓我離開了西敏馬場整整三年。

摔馬不久後，爸媽帶我和弟弟搬到宜蘭，幫我們轉學到當時剛興起的實驗學校。爸媽解釋，並不是為了讓我遠離馬場才搬家，是因為想就近陪奶奶，還有讓弟弟有時間練圍棋。爸爸仍舊每天開車奔波在不同的馬場間工作，但是為了避免再聽到媽媽的嘮叨，爸爸不再讓我學騎馬。

教練說摔馬後，一定要盡快回到馬背上，不然很容易產生陰影不敢再騎。搬家前，爸爸曾偷偷帶我回馬場看閃電，我還是像以前一樣，戳閃電的舌頭，和牠玩按摩遊戲——就是我把背壓在牠的鼻子上，牠會生氣一直頂我，好像在幫我按摩。只是我對馬背充滿恐懼，再也沒有上馬的念頭了。

在宜蘭的日子很有趣，考試很少，我多了很多自由，但我仍不時想起西敏馬場，特別是在某個溫度濕度，聽著雨水叮咚打在鐵皮屋上時，特別容易想起馬場的一切。

以前爸爸常到馬場幫馬磨牙、裝蹄鐵或治病，我總是跟著爸爸在馬場跑上跑下。說起來，馬場算是我的半個安親班，馬場的休息室有桌子可以讓我寫功課，有供學員無限暢飲的飲料與鮮奶，有浴室供學員沖澡，更重要的是有大馬、小馬，教練養的貓、狗、鳥、雞……在馬場怎麼可能會無聊呢？

「在馬場第一安全守則就是，絕對不要離馬屁股太近。如果妳的頭被踢到的話，會像西瓜一樣爆開來喔！」大人們常反覆叮嚀我。

只要先學會遠離馬屁股，在馬場走動基本上就安全了。我常見到馬因為想討食或等得不耐煩，後腳「砰」一聲踢在鐵欄杆上，馬蹄上裝有蹄鐵，那蹄鐵撞擊的爆裂聲，像打雷一樣驚天動地，只要見過幾次，再笨的孩子也知道千萬別惹馬屁股。

有時我們在馬場耗太久，媽媽生氣時，爸爸就會傳我與馬互動的照片給媽媽看，例如我躺在馬身上、我與馬鼻子碰鼻子……「馬與小孩」、「馬與美女」這類照片總是很受大眾歡迎，因為那些照片象徵著「動物與人心靈交會」、「天人合一」的魔幻時刻，彷彿兩個靈魂在那一瞬間圓滿了彼此。

媽媽會因為這種照片消氣，大概是想補償我缺少玩伴吧。我的弟弟是個圍棋小天才，自從弟弟幼稚園展露了圍棋天分後，他的空閒時間都在練圍棋，小小年紀就得了很多獎。我與弟弟的興趣截然不同，只有打電動時才有辦法玩在一起。

今年我就要升國中了。令人意外的是，我們又要搬回台北了。只是這次回來的，沒有媽媽和弟弟，只有我和爸爸……

重逢 2

公寓、大樓、捷運……我一時還不適應車窗外的風景。在宜蘭時車窗外多是綠油油的田，現在則是樓房林立，色調灰濛濛的台北。

「我的眼睛有腫嗎？」昨天到機場送媽媽和弟弟去日本時，我哭了很久。弟弟想要成為「棋院」的院生，所以辦理自學，由媽媽陪著到日本拜師學圍棋了。

「我看一下……沒有。」開車的爸爸根本沒看我，只是隨口安慰。爸爸昨天眼睛也有紅紅的，但他一直故意抬頭看飛機的航班時刻，不想讓淚流下來。

車子從大馬路轉進小路，曲曲折折繞了一會兒後，眼前再度豁然開朗，我又見到久違的西敏馬場。

遠遠就聞到熟悉的空氣，一種混合了乾草、飼料與馬糞而成的特殊氣味。

老一輩的人都說牛糞、馬糞不會臭，因為牛馬吃草不吃肉，大便都是草渣。我覺得牛糞還是很臭，宜蘭的田邊偶爾會聞到一陣難聞的味道，那就是牛糞在太陽下曬出的臭味。至於馬糞，馬剛拉屎時味道較重，那時馬糞還溫軟、濕黏，等到風乾之後味道就淡了，甚至乾了會碎解。馬廄的地面上常常有沙、屑、草料、馬糞的各種混合體，分不清誰是誰，倒也不臭。

我和爸爸穿過客服中心，爸爸邊走邊用口哨吹起電影《追殺比爾》的主題曲「咻——咻——咻咻咻——」，因為在動物眼中，爸爸就是個拿針筒手術刀的可怕殺手。每次進馬場，爸爸都會來一下這樣的惡趣味。

走過練習場，一個苗條婀娜的背影首先映入眼簾，那是小琴教練，她正用調馬索牽著馬兒繞圈跑。馬兒就算沒人騎，也要每天放出來運動才會有益身心，所以即使沒有學生來騎馬，教練也是不得閒。

阿福教練總是放話要追小琴教練，常常很誇張熱情對小琴示愛，說些從網路學來的「撩妹話術」，例如「小琴妳是不是變胖了？不然為什麼妳在我心裡的分量變得那麼重？」只是阿福教練有時說到一半忘詞，變成只有第一句「小琴妳是不是變胖了？」把小琴教練弄得又好氣又好笑。

練習場內有幾個學員在練馬，教練們正拿對講機對學員下指令，場邊對講機聲音此起彼落交雜著，我常想像這是機場的塔台，正指揮各機不要對撞。

進入馬廄，熟悉的大個頭出現在眼前，緩慢的「老賈」、愛吃的「阿默」、老是沾滿大便的「暴雪」……

一路走到第三馬廄，阿福教練正在吊馬樁旁備馬。

「阿福教練！」我大聲喊。

阿福教練認出是我，滿臉驚喜，但第一句話竟是：「妳怎麼沒長高？」

「大家都說我長高了耶，只有你說我沒長高。」我表情哀怨。

「我的國中學生都準備要騎大馬了，妳這個身高搞不好還能騎小馬耶！」阿福教練比劃我的身高。

唉，阿福教練說的是真的，有些同學發育早，身高像火箭一樣衝上天，而我的身高一直是全班最後一名。媽媽擔心我，曾帶我去醫院照X光檢查骨齡，幸好醫生說我只是「大雞慢啼」而已。

「趕快幫我忙，等一下要上課。」阿福把刷子交給我，轉身去拿馬鞍。我雖然三年沒到馬場，但小時候的手感記憶都在，一個上前接過刷子幫馬刷毛。

備馬的程序相當繁瑣，當馬牽出馬廄後，要先幫馬做基本清潔。因為馬房鋪著木屑草料，馬毛藏許多小屑屑，如果不刷乾淨，上馬鞍後可能會摩擦不舒服。

我拿小刷子把馬全身刷過一次，然後用圓鐵刷幫馬畫圈按摩，再用小鐵鍬把馬蹄鐵中的污物挖出來，阿福教練接著替馬披汗墊、掛馬鞍、綁肚帶、掛腳鐙、上口銜、前肢上綁腿，最後戴耳塞耳套，總算大功告成。

爸爸在旁邊看我和阿福教練搭配得天衣無縫，笑說：「不錯唷，完全沒忘嘛！」

阿福教練把馬牽出往外走，馬蹄鐵踩在水泥地上，每一步都踩出響亮的喀噠、喀噠的聲音，那聲音從耳朵傳入，擴散到我全身每一條神經，每條神經都醒過來蠢蠢欲動，欣喜地告訴我，馬來了、馬要來了！

三年沒聽到馬的聲音，原來這麼悅耳。

「簡醫師！在這邊！」馬場李老闆叫住爸爸。李老闆有胖胖啤酒肚，常穿著西裝褲加吊帶，標準大老闆的樣子。今天李老闆約爸爸要幫馬健康檢查，大概是有馬要出售了。

「簡醫師的女兒多大了？五年級？」李老闆隨意寒暄。

「我升國一了。」我嘟著嘴。

「哈哈，那身高要加油了。」李老闆誠實補我一刀。

走進第二馬廄，李老闆走到最末端的馬房門口。馬房內的馬把屁股朝外，頭躲在暗暗的牆角，聽到我們的聲音便把頭轉過來，當牠走入光線中，鬃毛上顯眼的白線立刻成為目光焦點。

牠是三年前我最後一次騎的馬，跟我一起摔倒的閃電。

閃電看到我，前腳扒地一下。牠記得我？還是純粹無聊討吃？

「我在考慮要不要賣掉這匹大 PONY。」李老闆指著閃電。所謂 PONY 是指小型馬，一般暱稱「大 PONY」是指介於大馬與小馬之間的馬，青少年甚至瘦小一點的成人都可以騎。

「怎麼會想賣，看起來養得滿好的。」爸爸摸摸閃電的額頭。

「牠沒辦法跳障礙呀。」李老闆一副無關緊要的態度。

「牠是PONY耶，本來就不能跳太高吧？」我忍不住替閃電辯解。

「是沒錯，但馬場很多學生在練障礙，帶小學生跳個四、五十公分是基本的，如果牠完全不能跳，那其他能跳的PONY負擔就大了，萬一碰到誰生病，就沒得輪替了。」李老闆手假裝在投球，隨即打擊出去。「妹妹妳有沒有在看棒球？棒球隊有投手、打擊手、一壘手……球員要可以互相補位。」

接下來李老闆和爸爸的對談我完全聽不進去了，只覺得那些對話變成收音機的頻道雜訊。

閃電為什麼不能跳障礙？是我害的嗎？

三年前的意外，難道牠也有陰影？

牠會被賣到哪裡去？會去別的馬場當營業馬嗎？還是會去觀光景點

每天載小孩繞圈圈，走一圈收兩百元的那種？還是當「王爺馬」，載神像參加廟會？

不……閃電這麼可愛，應該會到某個好人家去當寵物吧，或許會像「狗醫生」一樣，當個「馬醫生」到老人院、病房陪伴需要的人。

還是……閃電會被送去屠宰，馬皮做成皮包，馬肉煮來吃？

各種想法在我腦中亂撞，停不下來。

最後我只確定一件事，可能是我害的。

佳山中學 3

昨夜因為想著閃電的事，翻來覆去沒睡好，我忍不住打了個呵欠。

上學路上的街景又熟悉又陌生，有些老店從童年到現在沒變，有些新大樓冒了出來。

佳山中學附近，停了一整排賓士、BMW、還有叫不出名的進口車。「是新娘娶親的禮車吧……」我暗想著，這是個好兆頭，因為喜事一定選在黃道吉日，而今天，可是我就讀佳山中學的第一天。

佳山中學，號稱是貴族私立名校，升學率數一數二。據說學生家庭背景除了醫師、律師、工程師等較優渥的中產階級，還有企業家、政治人物、明星的孩子，所以常常是新聞焦點。

本來上個月我還在宜蘭的田間抓蟲、這個月竟來到反差如此大的地方。媽媽顧慮到她帶弟弟去日本後，爸爸要忙工作，又只會煮泡麵加蛋，可能無法照料我，所以決定讓我就讀家附近的私立學校，不管是訂餐、補習、才藝課程……學校都能安排。

「妳自己覺得呢？讀私立學校很辛苦的。」媽媽曾問過我的意見。其實媽媽根本不必問我，她老早就決定好了，我的意見純粹聽聽不採用。

「我覺得爸爸要拚命賺錢也很辛苦耶。」爸爸皺著眉表示。

我的意見嘛，我覺得佳山中學的制服很漂亮，比附近其他學校都好看，光這點我就投贊成票。至於怎樣叫辛苦……反正每個大人都說「上國中可是很辛苦的唷」，這樣說起來讀哪裡不都一樣。

爸爸把車停好問我：「會緊張嗎？要我陪妳進去嗎？」我把車門關上，趕緊揮手跑開。

我緩步進入校園，察覺自己手心冒了些汗，便抓著裙角抹去，然後用眼角餘光瞄別的學生，希望自己看起來沒什麼異樣。

「小光？」誰叫我？我腳步放慢。

「簡頤光！」又聽到喊聲，我回頭尋找聲音來源，走廊尾端一個綁著辮子有點微胖的女孩對我笑咪咪，我愣了三秒才想起來，大叫：「莊為芬！」

一看到對方，我們兩個立刻衝到彼此面前，抓著手又笑又跳。

莊為芬是我小學三年級的同學，我搬到宜蘭後，她轉到佳山中學的小學部。雖然以前並不是特別熟，但是在新學校看到老同學讓我好興奮，原來這就是所謂「他鄉遇故知」的心情。

早上在大禮堂參加新生訓練，師長們一如預期的接力訓話。莊為芬與我坐在一起，她展現出老鳥帶菜鳥的姿態為我介紹學校。

「矮牆的左邊是附設小學與幼兒園，算可愛動物區。」莊為芬手一指。「我們這裡是中學部，算猛獸區。」

莊為芬的形容好生動，我忍不住笑，但她隨即表情認真起來。

「最重要的是，小光，妳要記得，一開始妳可能會覺得誰也不認識，很孤單。」

「蛤？」我不知道莊為芬在說什麼。

「他們從小就讀這裡了，所以他們知道很多事情，說只有他們才懂的笑話，妳會覺得自己完全狀況外，好像局外人。」

我歪頭愣著聽。

「因為佳山的學生多半從幼兒園就開始讀起，他們早八百年前就認識了。」

莊為芬說的這些話是親身血淚經驗換來，這是我真正最需要的新生訓練。

「聽說學校裡的學生都很有錢，會不會常常互相比較啊？」我很好奇，也隱隱擔心而問起。雖然家裡沒餓過我一餐，但爸媽平常還是省吃儉用的，買東西會等特價才出手，網購會等免運券，每次我想買什麼厲害的文具或是轉個扭蛋，就得聽爸媽囉嗦，「妳想一想，這是『想要』還是『需要』……」現在弟弟和媽媽去日本，家用靠爸爸一個人負擔，真不知我來佳山讀書的決定對不對。

「哈哈，這妳放心閃瞎眼吧，現在有IG和臉書，精彩的都在上面。」

莊為芬幫我們彼此打氣：「沒關係啦，我們兩個是因為成績好，才有辦法插考進來，畢竟佳山還是靠升學率出名的，所以——不要緊張，保持自信！」

早上新生訓練結束，準備要回教室用餐，班上的學生三五成群聚著聊天，完全不像是剛升國中互不認識的新鮮人，只是我覺得奇怪，雖然莊為芬一副很熟學校的樣子，和她打招呼的人卻不多。同學聊天話題多半圍繞在暑假去了哪裡，當我聽到同學說「我每年都要去義大利的別墅關一個月，好煩好無聊喔，真羨慕你可以一直換不同的飯店」這種話時，確實只能用「貧窮限制了我的想像」作為觀察結論。

才剛坐定位不久，天邊傳來疑似螺旋槳「篤、篤、篤」急促的聲音，聲音不斷接近，越來越大聲，越來越大聲，最後聲音巨大到像是空氣要爆裂，我的耳膜和心臟被聲音擠壓，感覺非常不舒服，得用手摀住耳朵才行。

學生間掀起一陣騷動，紛紛擠到窗邊查看發生了什麼事。

只見一架直升機緩緩降落在頂樓的大平台上，螺旋槳颳起強烈颱風。

「齁，是宋以琳啦！」、「又來這一招。」、「管制空域亂飛，等一下警察又會來開單了。」有些同學表示幾句意見就回座，彷彿不是第一次見到。

這．真．的．太．誇．張．了！

根本是在拍電影吧！我看得下巴都快要掉下來。

ENGLISH

「台北太酷了！」我不由得發出讚嘆。

在宜蘭有什麼事很酷呢？仔細想想，在蘇澳港我學過駕小帆船，然後我敢抓甲蟲和雞母蟲，不像許多女生會尖叫……但是直升機，這真的太不一樣了，這裡完全是另一個星球。

我好奇問：「誰是宋以琳？」

「哎，妳遲早會認識她的。宋以琳家中超有錢，長得漂亮，功課又好，在佳山很有名。小時候還正常，但越長大就越高調，巴不得全天下都認識她，什麼事都要拍下來放到網路上討讚。妳也可以追蹤她的臉書和ＩＧ啊，每天更新呢！」莊為芬透出不太欣賞的語氣。

五分鐘後，有同學瞥見走廊外的身影，大聲嚷嚷：「老師和宋以琳來了。」

傳說中直升機的女主角宋以琳走了進來。

高䠷，清秀，皮膚白皙，微卷長髮披肩，一個像是韓國女子團體一樣亮眼的女孩。

宋以琳高聲向全班宣布：「同學們，很抱歉，今天沒趕上新生訓練，不過……應該沒關係吧，反正我們大家都是佳山的舊生。今天我生日，請大家吃五星級飯店的餐盒當午餐，慶祝開學第一天！」

才剛說完，宋以琳後頭有工作人員用推車送來幾十個餐盒。

「耶！」、「太酷啦！」全班歡聲雷動。我興奮的打開來，餐盒內有牛排、各色蔬食，還有色彩繽紛的甜點馬卡龍，彷彿會發光。

導師在後頭抱著文件進到班上，對眼前一切沒有任何疑惑，似乎早就接到通知，知道會發生什麼事。

趁著吃中餐，導師請大家上台自我介紹。

許多人上台還沒開口，底下就先笑，或是群起鼓噪叫綽號，就像莊為芬說的那樣，全班幾乎都認識了。班上一輪不正經的介紹下來，我實在記不起什麼名字，只能陪笑。

「下一位，簡頤光。」老師點到我。

「大家好，我叫簡頤光，大家都叫我小光。我前兩年在宜蘭讀書，今年又搬回台北，很高興來到這個班。我的興趣嘛，我喜歡養甲蟲，像是鍬形蟲、獨角仙……嗯……我弟弟很會下圍棋，我也被他教了不少……嗯……」

糟了，老師說要講三分鐘，但說到這裡我已經詞窮了。突然想到早上在校門口見到的車隊，我決定運用作文的「祝福慰勉法」來個華麗結尾：「今天是開學第一天，早上我在學校附近看到新娘娶親的車隊，這表示今天是個黃道吉日，是個好預兆，希望這個好運可以延續一整年。」

「新娘娶親？有嗎？」大家一臉疑惑。

「有啊，有一整排賓士、BMW，很多禮車在校門口對面。」我一說完，全班都笑出來，同學立即交頭接耳。我覺得好像說錯話，卻完全不知道問題，整個耳根子紅起來。

「好的，謝謝幽默的小光，希望每天都是好日子喔！」老師終於放我下台。

我一回座，眼神立刻飄向莊為芬求助。

「那個不是新娘娶親啦，那是家長們開車送學生上學的車。」莊為芬用氣音低聲回答我。

「啊……」糗大了。佳山是有錢人讀的私立學校，門口一排名車是自然的，我怎麼這麼蠢，完全沒聯想在一起呢？

「沒事啦，大家還覺得妳很好笑呢，以為妳故意的。」莊為芬好心安慰我。現在我腦袋可是當機了，一直倒帶重播我剛才上台說了什麼，試想別人會怎麼看我，後頭同學們的自我介紹已經聽不進去。

今天真的太累了，心情像洗三溫暖上沖下洗、忽冷忽熱。

原來這就是上國中的感覺，原來這就是讀私立名校的感覺。

我的第八節課

4

「小光，妳第八節課到底是怎樣？」爸爸買便當回來，搖醒在沙發睡著的我。

我揉揉眼，看到爸爸已經翻出我書包中一疊簡章與報名表。

「我不想參加課後第八節輔導。」這絕不是我好心想替爸爸省錢，哪個學生腦袋燒壞放學後還想留校呢？

「但是班導在 Line 群說，希望全班都能參加。」

「No——」我搖搖食指，搬出了一個很好的藉口。坐我後面的小麥告訴我，教育部規定不可以強制學生留校，否則違法。

「那班上有多少人沒參加？」爸爸擔心我是唯一的例外。

「三分之一。」

「這麼多不上輔導課？妳們學校不是很重視成績嗎？」

「不參加的其實是去外頭補習啦，或是上才藝課。」我只好老實說，班上根本沒有不補習的，有的同學請家教、有的上外頭補習班、有的上鋼琴或舞蹈等才藝課。

爸爸陷入思考：「但還是有三分之二的學生留下來輔導，占班上大多數。」我趕緊翻出一疊社團才藝簡章，看看有什麼有趣的。學校有五花八門的才藝社團，從繪畫、陶藝等靜態活動，到羽球、桌球等體育項目都有，最特別的是有少見的高爾夫球與馬術課。學校最喜歡把高爾夫球與馬術課當成特色課程來宣傳，因為這兩種運動在社會上被歸類成「成功人士的運動」，更可以彰顯佳山中學與其他學校的不同。

馬術課的簡章上寫著：「騎馬可訓練高貴優雅的儀態與氣質，與馬匹的互動能培養耐心、紓解壓力，還有復健、瘦身等各種好處，深受西方貴族歡迎。最有名的愛馬人士就是英國伊莉莎白女王二世，英國每個王室成員幾乎都會騎馬。」只是報名表上的價錢，包含接送車資、課程、晚餐，簡直嚇人。

「不然我到馬場去如何？下課後運動一下不錯吧，而且可以鍛練那個什麼……高雅的氣質和儀態，哈哈。爸，你和馬場那麼熟，我們自己去應該不用那麼貴吧？」

我真是瘋了，為了逃避學校輔導課，把自己推回原先逃離的火坑。

爸爸把簡章翻來翻去，想一想後打電話給馬場，和教練講了通很長的電話。最後約定好我的課後安排：除了要補英文那兩天，我下課就先到馬場寫作業，幫忙教練做馬事工作，用打工來換取馬術課，櫃台吳阿姨會幫我訂晚餐，最後等爸爸下班接我。

所以，隔天，我就站在馬場了，閃電被牽出來等我。

「去把裝備穿好。」阿福教練牽著閃電，一聲令下。

「教練，我肚子痛。」我想辦法賴皮。

「才怪，吳阿姨剛才拿蛋黃酥給妳吃，妳不是吃得很開心嗎！」

「我怕摔馬，我需要心理輔導！」我一聽賴不掉，馬上大喊。

阿福教練拿起馬鞭作勢要揮我：「上馬就是最好的輔導！妳跟閃電

兩個都需要輔導一下。」

說到閃電，我心頭一緊，問教練：「閃電已經有找到買家了嗎？」

「沒那麼快，馬的買賣不是小錢。李老闆是希望買一匹比賽得過獎的，比較好招生。」

我從側面捧著閃電的頭，和牠臉貼臉，眼睛對眼睛。只有這個時候，閃電會乖乖的任我抱，如果我一轉到牠的正面，牠就會立刻把我頂開，好像很討厭有人擋牠的路。

備好馬，我拖著沉重的步伐隨教練走到練習場，拿了梯椅準備上馬。

「欸，簡小光，上馬要在哪一邊？要在馬的左邊！妳把椅子放在馬的右邊幹嘛？妳還真的全給我忘光了喔！」阿福教練一臉凶樣，我趕緊把椅子換邊放。

「古人佩劍多半佩在左邊，人從左邊上馬，劍才不會撞到馬。固定同一邊上馬，馬也會有安全感。」教練一邊幫我調整腳鐙，一邊提醒。

久違的馬背，我終於又回來了，童年第一次上馬的記憶再度浮上心頭。和投幣式的電動搖搖馬不同，馬是活生生的龐然巨獸，我的腿貼著馬的皮膚，可以感覺到馬呼吸的起伏，感覺馬匹趕蒼蠅時後腿肌肉抽動，所有感覺都回來了，也包括最後一次摔馬的恐懼。

握起韁繩，心臟在胸腔碰撞，手心冒汗。

「手這樣握韁繩對嗎，妳新來的喔？」教練掰開我的手指，調整握韁姿勢。連續被教練糾正兩次，很心虛，像是考試沒看書的小學生。

「先自己帶馬走一圈。」教練拍一下馬屁股，嘴裡發出「噠噠」的彈舌聲下指令，閃電就帶著我往前走，這些營業馬訓練有素，我不用帶路線，馬自己都知道要沿著練習場的最外圈走。

「忘記怎麼騎，就重新想起來。」阿福教練在場邊對我說。

我要重新想起來什麼呢。其實我在摔馬後曾不斷努力回憶，因為我想知道，如果再來一遍的話我要怎麼做才好，但回憶「斷片」，有許多空白。

我只記得，當時本來走得好好的，閃電突然頭抬高，耳朵向後，接著大馬衝過我身邊，閃電的蹄聲本來節奏是「噠——噠——噠——噠——」然後變成「噠噠噠噠」，像是舞台要歡迎明星登場時，伴奏的小鼓突然加快拍子。

一想到這裡，心臟噗通跳個不停，身體僵硬。在宜蘭時我喜歡騎自行車，因為自行車的方向快慢操控完全在我手上，可是馬不一樣，牠有自由意志，會忽快忽慢，會突然轉身，不知哪一秒人就會摔出去，一上馬這種恐懼就如影隨形。

閃電越走越慢，牠的頭一直往地面垂，韁繩被馬頭往下扯，我的身體也被牠拉得往前傾，我用力拉韁繩想把閃電的頭拉上來，可是閃電抗韁，頭一垂，又把我往前拉，我像「仆街」一樣撲倒在馬脖子上。

你可別想跟馬頭比力氣，比不贏的。

閃電跺步到練習場門口，剛好大門沒關，牠竟然轉身就走出去，想回馬廄休息去。

「齁，妳在幹什麼啦，真被妳氣死耶！」阿福教練一把抓住馬的韁繩，把馬牽回場中央。

小琴教練剛好牽另一匹馬進來。「小光這麼久沒練，你不要那麼急。」

看到小琴教練，阿福才和緩脾氣，認真又無奈對我說：「妳瞭解閃電是怎樣的馬嗎？馬不是天生就會跳障礙的，大部分的馬看到障礙就會從旁邊繞過去，因為沒必要花力氣跳。但閃電不是，牠看到有趣的東西就會跑過去看，看到障礙就會跳跳看，只有少數馬是這種個性，牠是冒險家，是天生的障礙選手。但是這樣好的馬，妳把牠騎得無精打采，亂七八糟！」

聽了阿福教練一番話，我很愧疚。「我可能是沒天分……」

小琴教練在旁邊鼓勵我：「什麼天分，靠後天的努力才最重要。」「沒錯，後天的努力最重要。算了，還是今天和明天我們先休息一下，後天再努力。」阿福教練又開始耍寶，小琴教練被逗笑。每次都這樣，只要小琴教練在，阿福教練就會變一個人。

阿福教練把閃電牽到吊馬樁，把馬鞍卸下。「我先教妳洗馬，洗馬對鎮靜心情很有幫助，洗久了，妳就會明白其實馬很乖，如果馬有錯，就一定是人的錯。妳洗十匹馬就可以換一堂課。」

「十匹！」我倒抽一口氣。

「十四算少了好嗎，不知馬術課有多貴，妳爸還得拿出診費來抵學費，小孩子真是吃米不知米價。」阿福教練拿起水管，打開水龍頭。「過來看，馬蹄一定要沖乾淨……」

就這樣，我在馬場的打工換課生涯開始了。

5 突如其來的挑戰

「喂，小光……快起來，上課了，這節課要去生物教室耶。」莊為芬搖醒我。

我猛一睜眼看到桌面一攤口水，趕緊用袖子遮住擦掉。

「妳昨天熬夜讀書嗎？」莊為芬幫我收拾鉛筆盒。

「沒有，馬場昨天好忙，我昨天洗了七匹馬耶。」我手忙腳亂找出課本。

太累了，早上第一節我就開始打瞌睡，一下課就趴在桌上補眠。國中的課業繁重超乎想像，以前小學只有期中和期末考，現在一學期有三次段考，每天還有各科小考，簡直一點喘息的時間都沒有，再加上馬場的各種勞務，更讓我覺得吃力。

我和莊為芬小跑到生物教室，分頭坐進自己的組別。我這組有一個身高一七八公分的長人蘇得凱，他是班上籃球打得最好的男生，學校籃球隊一開學就頻頻來挖他入隊，高大帥氣的他也是焦點人物，女生緣特別好，常有別班女生藉故要上廁所，不斷經過窗前偷瞄他，收到情書也是家常便飯。

我把載玻片遞給蘇得凱，他接過去調整顯微鏡時，突然問我：「聽說妳放學後都去馬場？」

「唔……對呀。」蘇得凱問我話，讓我嚇一跳，因為特別高的他坐教室最後一排，特別矮的我坐第一排，天龍地虎的身高與地理差距讓我們沒什麼機會講到話。

「騎馬好玩嗎？」

「你想學？」

「覺得騎馬奔跑很帥，也想試試。如果再射個箭，咻——我是三國裡的常山趙子龍！」蘇得凱順勢做出拉弓的動作。

「拜託，你在學校已經有很多馬子了，整個學校都是你的馬場，你再去別的馬場這樣對嗎？」噢，我在幹嘛，我在男生面前油腔滑調，我在學男生們賤嘴互噴那個調調。

蘇得凱覺得有趣笑出來。「哪來什麼馬子，那妳會跳障礙嗎？」

「你是說『我』會跳障礙嗎，我會啊，你看過女生玩跳橡皮筋嗎，我們女生就是那樣跳，在人類的世界叫跳高。」我忍不住一直抬槓下去，想讓自己顯得有趣，想不到我在男生面前會這樣。

「呵呵，妳很會扯嘛，我是說妳會騎馬跳障礙嗎？」

「我當然會，我只差不會射箭了。」

「改天去馬場看妳跳。」

「要快喔，我都快要出國比賽了。」我好像有點太誇張了。

「人小鬼大。」蘇得凱作勢要敲我的頭。

「是人小志氣高。」我們像打來回球一樣，一句一句彼此試探，蘇得凱似乎也喜歡這樣，我感覺得到。

突然我瞥見隔壁組的宋以琳臭臉盯著我。聽說宋以琳喜歡蘇得凱，但只是聽說，畢竟以她那自命不凡的姿態，只能被追求，不可能先承認她喜歡誰的。

下課鐘響，蘇得凱慢慢收拾桌面，似乎不急著走，我則以更慢的速度收拾課本，想讓蘇得凱先走。我開始難為情了，我不知道下課是否還要繼續和蘇得凱走在一起？我們剛才聊得挺愉快的，但萬一待會兒沒話說了呢，萬一他發現我其實很無聊，我沒有那些有錢人家的見識，那怎麼辦？

突然宋以琳的兩個小跟班飄了過來，她們對著蘇得凱做鬼臉說：「齁，男生愛女生——」

蘇得凱覺得無聊翻了白眼，抓起課本快步走開。

什麼跟什麼嘛，好幼稚，我有點氣惱，卻又有點開心，幸好莊為芬跑來找我一起走，解救我的尷尬。

回到教室，老師抱一疊成績單走進來。緊張時刻來了，這節要發下第一次段考成績，我默默祈禱。

老師照例先來一段慰勉的話，接著頒發前五名，並準備了巧克力當獎品。

「第一名，麥宜蓉。」我後頭的小麥站起來。

「第二名，蘇得凱。」高大的蘇得凱起身，大步跨過走道穿過我身邊去領巧克力。

天哪，好緊張！我得老實說，我不是對成績很放得開的人，畢竟媽媽很嚴格盯緊我的成績。搬到宜蘭後媽媽對我也不放鬆，說我不知道台北有多拚多競爭，所以我想知道我的實力在哪裡。

「第三名，張瑞文。」

「第四名，簡頤光。」

不敢相信！我從座位彈跳起來，向前小跑去接過巧克力。我想裝酷一點，一副這沒什麼，但我笑到像朵全開的向日葵。

「第五名，宋以琳。」

接著成績單發下來，上頭毫不留情從第一名排到最後一名，大家埋頭查個仔細。

我找到莊為芬的名字，第六名。

「好棒耶，有巧克力！」莊為芬小聲恭喜我。

「妳也考得很好！」

莊為芬非常努力讀書，她曾經告訴過我：「在佳山生存要有底氣的話，功課一定要好。這樣，當某個有錢的同學邀請妳去參加生日派對時，對方家長可能會私下問小孩，那個某某，家裡是幹嘛的呀，功課好不好呢？如果妳的功課好，那麼家裡普通也沒關係，家長還是會認為妳是值得來往的對象。」

我點點頭，心底對她可能經歷過的感到心疼。莊為芬的爸媽聽說都在「跑路」，她是寄養在姑姑家中長大的，生存的不安全感刻進骨子裡。

老師開啟另一個話題。「接下來要討論下學期園遊會的事……」趁著老師在黑板寫字，我拆開巧克力包裝盒，遞了一顆給莊為芬，我們兩人低頭偷偷塞一顆到嘴巴裡。

「老師！簡頤光上課偷吃東西！」宋以琳的大跟班舉手告發我。

我含著還沒融化的巧克力愣住。

老師看到我手上拆開的巧克力包裝紙，輕輕笑出。「下課再吃吧，勝利的果實可以慢慢享用。」

「第一組要扣分一點。」另一個小跟班也接力檢舉。班上有分組競賽，上課偷吃東西要扣分。

「好吧，雖然說巧克力是老師給的，但規定還是規定。」老師拿起白板筆在我們那組的成績欄扣一分。

「躺！簡頤光，妳害的！」第一組同學齊聲抱怨。我剛才心情還在天堂，現在重重跌回人間。大小跟班什麼要一直整我，我哪裡得罪她們？

老師敲敲桌子。

「繼續討論園遊會的議題。有沒有人自願擔任園遊會的活動組長？活動辦起來瑣事很多，需要細心一點的人選。」老師眼光掃過全班，沒有人舉手。

不過老師似乎也料到這一刻，早就有備案。「老師查了你們開學填的表，小學曾當過班長和學藝股長的，有宋以琳和簡頤光，兩位有沒有人先自願當園遊會組長？」

大跟班舉手：「老師，我推薦宋以琳，小六時她幫忙的那一場超轟動的！」同學們紛紛表示贊成。從大家七嘴八舌的回憶中，我拼湊出去年的園遊會——宋以琳用自家影響力請來了兒童電視台的明星，還請了大型人偶，燈光和音效擠到隔壁幾攤不得不退縮，根本是商業活動等級，她家的大手筆震動了全校與附近社區，觀眾擠得水泄不通，還上了晚間新聞。

看著大家熱烈討論，宋以琳嘴角微揚，手習慣輕輕撥著瀏海。

「不過，去年那場明星表演花的錢比賺的錢多，實際上等於是宋以琳家單獨出錢贊助。老師希望園遊會還是要由全班通力合作，既然宋以琳已經辛苦過一次，那今年就把任務交給簡頤光，好嗎？」老師望向宋以琳，又望向我。

宋以琳的笑容開始不太自然。

我對突如其來的任務一臉驚慌。

「簡頤光對學校可能還不熟，先不用擔心，時間還很多。」老師拍拍我的肩頭。

學校比我預期的還熱鬧，但我不確定……這是不是一件好事。

卡關

6

下午一進馬場客服中心，就見到一個大哥哥在發脾氣。

「我不會穿綁腿。」他不高興對櫃台吳阿姨說。

「穿綁腿很簡單，我們這裡夏令營幼稚園的小孩都能自己穿喔，你要不要試試看？我請人教你。」吳阿姨看向我。「小光妳有空嗎？」

我立刻書包一丟跑向櫃台。

吳阿姨低聲對我說：「他以前來都有傭人跟著，只要坐椅子上腳一伸，傭人就幫他穿好。今天傭人沒來，妳趁機會教他。」

大哥哥的臉很臭，因為吳阿姨對他說「幼稚園小孩都會」，實在很失面子，讓他不得不站起來，心不甘情不願跟我學。

我帶大哥哥到護具區前，請他挑尺寸。其實穿綁腿很簡單，只要知道原理就可以區分左右腳上下邊。

「我今天的新教練是誰？」大哥哥穿完護具，沒好氣問櫃台。

「小光，妳帶他去找小琴教練。」

「沒問題。」我拉開門，回頭示意大哥哥跟我走。

我與大哥哥一前一後走，感覺他還在生悶氣，整路無言，我放慢腳步，試著和他聊天。「你很 lucky 耶，小琴教練是這裡最美的教練，追她的人排隊排到門口唷！」

大哥哥聽到美女教練，果然臉沒那麼臭了，我又加油添醋說：「她的臉書上偶爾會放穿比基尼的照片，追蹤數破萬喔！」大哥哥似乎聽了心情又更好一點。吳阿姨幫大哥哥安排小琴教練確實是個好主意，在美女面前，哪個驕傲的男生不禮讓三分。

嘿嘿，但小琴教練可不是好惹的，以後他就知道了。

來到馬廄，小琴教練正等著，她看見大哥哥問：「你是英明吧？聽說上次摔馬，所以要換教練？」

英明沒說話，眼睛看別處。

小琴教練問：「是……害怕嗎？」

英明聳聳肩。

「會摔是難免的，會怕也是正常的，小光也是摔過不敢上馬。」小琴指著我。

「我……我哪有啊，我今天就會上馬。」我立刻否認，竟然這個時候漏我的氣。

「真的嗎，那妳去穿護具。」阿福教練從工作間走出來，拍一下我的後腦勺。老天爺好像最近緊盯著我，我只要一亂說話，就會被警告，我在蘇得凱面前誇下的海口也在腦袋閃過。

十分鐘後，我騎著閃電，英明騎著暴雪，一前一後在室內練習場，從慢步開始練習。

馬的步伐快慢不同時，騎手坐在鞍上的感受也不同。馬慢步時感覺最平穩舒服，馬會帶著人的臀部做一種V字型的來回擺盪，左前、右前、左前、右前……就像搭小船在平靜的海面上，輕輕隨風晃蕩。

「好，準備快步打浪。」阿福教練下指令。

馬由慢步轉快步時，腳步節奏會從四拍轉二拍，上下晃動十分劇烈，這個晃動就叫做「浪」，它顛簸的程度，甚至感覺像騎車掉到坑洞裡！所以我必須配合做出「站蹲」的動作，馬後腿一踩產生向上拱的力量時，人借力站起來，然後下一拍坐下，再下一拍站起來、再坐下……反覆循環，這就是所謂的「打浪」，它可以消化大半震動，同時也減低馬背的負擔。

「騎馬算是運動嗎？是妳在運動，還是馬在運動？」常常聽到有人這樣在開玩笑。說這話一定沒騎過馬，打浪一節課我至少站蹲五百次，鐵腿兩天以上！

有的馬浪大，有的馬浪小，閃電的浪又大又震，所以閃電看起來輕鬆沿著場邊咚、咚、咚快步，我騎在馬背上的感覺是咚、咚、咚、摔坑洞、

摔坑洞、摔坑洞……

那如果不想辛苦站蹲行不行呢，恐怕不行，在沒練成「壓浪」的功夫之前，一節幾百下的摔坑洞，絕對會摔到屁股開花。

「身體直——不要前傾！」教練糾正我動作，我太久沒練，問題一堆。

「韁拿短！」、「腳跟向下！」、「腳穿進腳鐙太多了！」、「站錯浪了，變換打浪！」

我手忙腳亂。

「不可以離暴雪太近，暴雪會踢人啊！」阿福一直用對講機喊我，到此我已氣力用盡，我怕被別的馬踢，更怕突然又被閃電摔下來，我真的沒辦法再繼續了，為什麼騎個馬像是在看鬼片，總是擔心下一秒會發生什麼？

我把馬拉停。

阿福教練看出我的困難，他走過來拉住韁繩。

「妳下來，看閃電練習。」阿福教練帶我們走到室外練習場，場中有直接躺在地面的地竿，也有離地三十公分高的矮竿。阿福教練拉起調馬索，帶著閃電從地竿練起，閃電跨著連續地竿，步伐輕盈，節奏也很好，但是一旦來到矮竿前，閃電就煞住不願意跳過，阿福教練硬催的話，閃電就會生氣，開始後退。

「拜託，這竿那麼矮。」我走進場中，自己輕輕一跳跨過矮竿，回頭看閃電。

「過來呀！」我乾脆去牽閃電的韁繩，把牠牽到矮竿前，但怎麼拉牠都不肯動。

我想到一招，我陪牠一起跳。我牽著閃電，從地竿開始跳，牠跳我

也跳。一、二、三、四、五道地竿，跳、跳、跳、跳、跳。

來到矮竿前，我跳過去，但閃電動也不動。我跳回來，再跳過去，再跳回來。「閃電跳啊，這沒什麼好怕的！」我像猴子一樣，在矮竿前來回跳示範，最後忍不住抱著閃電的脖子想硬拖牠，閃電鼻子大力「哼」一聲，扭頭把我推開。

「哈哈哈……」阿福教練在旁邊大笑。「妳看牠，是不是跟妳一樣。」

我撥撥閃電的鬃毛，沒話可說。

「如果閃電可以跳障礙，全中運還得個獎，李老闆就不會賣牠，這要靠妳了。」教練收起調馬索。

「我？為什麼不叫百吉跳？」我想到百吉，一個和我同齡的男生，說話帶著濃厚的外國腔，常抱著滑板來馬場。百吉的程度很好，帶領閃電的任務可以交給他。

「百吉現在長得比妳高，要換大馬了，之前因為沒有適合的馬可以跳，還考慮要換馬場，妳說李老闆急不急。」

我懂教練的意思，馬場有半數學員是小學生，小學生騎小馬，升國中後身高開始急速發育，很快改騎大馬，在這個半大不小過渡階段能用的馬不多。

教練牽著閃電走回去。「閃電根本還沒發揮潛力，要是賣了去載小孩兒一圈兩百元，多可惜。妳的身高與年紀騎牠剛好。」

我把閃電帶到吊馬樁時，發現英明拿著水管站在那裡。

「小琴教練叫我等妳，要妳教我洗馬。」英明一臉無奈。

我聽了噗嗤笑出來，和我一樣的命運，怕馬就從洗馬開始。

我打開加壓馬達，水柱噴出。

「英明大哥，你注意看馬流汗的顏色！」

馬的汗是白色的，水柱一沖，馬的皮毛滲出一股如乳汁般白色半透明液體，涓涓流下。

「哇塞……」英明和我當初一樣，訝異極了。

「最恐怖的就是洗馬蹄了，一開始很怕被踢到。」我用肩膀輕推一下馬肩，馬就自動彎膝縮腳，我一手抬起沉重的馬腳，一手拿水管把馬蹄鐵內的沙土沖乾淨。

「可是很神奇，馬都知道要怎麼配合，會把腳抬起讓你沖。」教練總是再三交代，馬蹄一定要沖乾淨，馬的腳要非常小心維護。

我把水管遞給英明，他忍不住抱怨。「幹嘛要洗馬，有什麼用。妳覺得妳學到什麼？洗馬就不會再摔嗎？」

好問題，我得要和英明好好聊一聊，重回馬場我學到的一課就是

——馬如果有錯，一定是人的錯。

老賈

7

「爸，你怎麼沒叫我！」我從床上睜眼，發現已經九點，氣急敗壞。

「我有叫妳呀，但妳太累了起不來。」爸爸把洗好的制服丟到我頭上。

「妳自己睡過頭不要怪別人——放心啦，我有幫妳請假一節課。」

騎腳踏車到校的路上，因為鐵腿騎不快，不敢相信除了大腿痠痛，連左右屁股都在痛。

進教室後，班長拿了一疊園遊會的資料給我。「簡頤光，早上園遊會攤位要抽籤，妳請假沒有來，老師就叫宋以琳去，結果抽中最尾巴那一攤。」

我翻開場地資料，發現最末端的場地特別大，幾乎等同一個籃球場。

「這個場地很大耶，宋以琳手氣真好。」

班長嘆口氣。「才不好哩，園遊會最好的位置在前中段，到了尾巴都沒什麼人氣了，這個位置剛好拐一個彎，被工具間遮住，根本是最爛的場地。」

班長揮揮手：「妳要好好想想辦法囉，成本是從班費出，如果賺錢我們班就可以吃喝一頓，賠錢就麻煩了。」

的確園遊會末端的攤位人氣較差，小孩的零用錢往往走到中間就花光了。萬一辛苦準備的東西沒賣出去，還賠到班費，我要怎麼面對全班同學呢，接下班長給的文件，像接下燙手山芋。

中午吃飯時間，莊為芬似乎心情也不好，隨便吃兩口就趴在桌上。我則轉頭和小麥邊吃邊聊天，順便趁機看她的手機。我是班上少數還沒有手機的人，想要看同學的臉書或ＩＧ動態，就要把握這個機會。

「妳看，宋以琳的新舞步。」小麥和我觀賞宋以琳模仿韓國女團的舞步，我想如果她現在去韓國當練習生，一定馬上可以出道吧。

小麥和宋以琳也是從小就認識的朋友，但是小麥從不排擠我，我們兩個一樣喜歡甲蟲，氣味相近，很快就結為好友，可惜小麥害怕所有有毛的動物，連可愛的狗貓她都不喜歡，自然也不喜歡馬。小麥的社群帳號上常放各種昆蟲照片，和一般同學放自拍照大不相同。

「都給妳。」小麥把她討厭吃的紅蘿蔔分給我。

「幹嘛不吃紅蘿蔔？」

「紅蘿蔔有一種怪味，就是……」小麥說到一半，我倆異口同聲說「蘿蔔味」，接著一起笑，這句話不是廢話嘛。

「我也不喜歡紅蘿蔔味，但有時我會假裝我是馬，就能吃掉了。」

我咬一口紅蘿蔔故意嚼很大聲。

「聽說妳放學後都去馬場？同學說其實妳家也很有錢，才能每天去騎馬，那很貴的。」

「我哪有，我是順便去打工，打工抵課程，因為我爸認識教練。」

「原來如此。那馬場有很多馬糞可以撿囉？」小麥突然眼睛一亮。

「妳要幹嘛？」

「幫我帶馬糞好嗎，我要給我的糞金龜做糞球。」

「嗯，我才不要帶馬糞來學校，妳自己來馬場挖，馬糞多的是。」

「好，下次帶我去。我會拍一張馬糞照特寫po上網！」

「馬上取消追蹤。」我們二個又笑成一團。

放學後，莊為芬照例陪我去牽自行車，我們總是沿著圍牆散步，到叉路口才往不同方向走。

「跟妳說個祕密，妳不要說出去。」莊為芬總算開口了，她今天一整天都陰陽怪氣的。

「發誓。」我說。

「聽說……早上抽園遊會攤位時，宋以琳本來抽到中段的好位置，但是她卻私下和別班換。」

「不可能吧，這樣不就害了全班？」我驚呼。「為什麼？」

「妳覺得呢？」莊為芬皺眉。

我想不出什麼好理由，因為我考得比她好一點？因為我和蘇得凱講話？因為園遊會搶了組長的位子？我不自覺變成她的眼中釘？

「會不會是謠言，妳從哪裡聽來的？」我仍希望不是真的。

「Line 群上在傳的，真假我不確定。但之後我就沒辦法幫妳打聽這些八卦了，因為……我下學期要轉學了。」

我瞪大眼，停下腳步。

莊為芬接著說，她姑丈的公司有狀況，財務吃緊，不得已只好把她轉到公立學校去。

這真是晴天霹靂，莊為芬是我的指南針，也是我的避雷針，她怎麼能轉學！

「我家已經鬧一個星期了——我奶奶聽了，竟然哭著說她不要活了，說就不會連累到我，是不是很八點檔？姑姑說有機會再讓我轉回來，但我今天想清楚了，沒必要，反正過兩年就要考高中，我應該要做的是考上好的公立高中。」

我們來到分岔路口，我著急胡言亂語：「我們之後還是會再見呀！每天上學就能在這個路口碰面不是嗎，然後放學我們也能再見到！也許我哪天也會轉到公立國中去！」

「妳這傻子，我又不是明天就轉學了。我們不就住附近而已嗎，隨時都能見到呀，呵呵。」莊為芬向我揮手說再見。

到馬場後，我的心思都被宋以琳與莊為芬的事給盤據著，心情像綁了兩塊大石頭，沉甸甸。以前媽媽常說，人生就像打撲克牌，有人天生就抽到好牌，有人運氣不好一手爛牌，但拿到好牌不一定會贏，拿到爛牌也不一定會輸，要想辦法利用手上的牌，把一整局牌打得漂亮。莊為芬雖然比我們都辛苦一點，但她一直努力把她的牌局打好。

我在客服中心埋頭寫功課時，透過窗戶看到練習場上，阿福教練拿出一些馬餅乾，他想要用吃的引誘閃電跳過障礙。

天黑後，學員多半離去。我走出去看有什麼馬事要做，教練吩咐我：「我把閃電牽去洗，妳把竿子拖到障礙架旁邊集中。」

場中只剩下「老賈」自由放牧。老賈是匹老馬，跑不動了，專門負責載一些需要做馬術復健的兒童，因為牠很慢，浪很小，很安全。

有個禿頭伯伯牽了一匹高大的白馬來到練習場門口，那白馬的籠頭牽繩又新又亮，還有毛絨絨的羊毛內襯，我猜想是「私人馬」，通常私人馬才會用上這麼高級的東西。馬場內寄養了不少私人馬，因為台灣地小人稠，如果家裡沒有夠大的土地，馬主買了馬就得付費寄養在馬場。

禿頭伯伯打開柵欄，拆下籠頭把白馬放進來。白馬一進場中很興奮，立刻繞場狂奔，猛踢後腿，表達牠開心到飛天的心情，甚至有幾次煞不住差點撞到圍欄，站在場中的我開始擔心會被撞飛。

我記得教練說過，馬場的馬不可以隨便混合放牧，因為這些馬平時都在馬房或在騎手控制之中，馬群私下並沒有很多時間相處，如果隨意混合放牧，可能會打架，或興奮過頭受傷。這個馬主不知有沒有經過教練同意？

「大人應該不會這麼隨便吧？」雖然一瞬間閃過疑惑，但我沒有質疑大人的勇氣，隨即以「相信大人應該會做好判斷」來結束問號。

「小朋友，妳要不要先出來？我怕妳被撞到。」禿頭伯伯總算記得還有我這個小不點。

我問：「叔叔，這是你的馬嗎？」

「對啊，放一下透個氣啊，整天關起來有夠可憐。教練怎麼不多放一些馬出來，白白浪費這麼大的場地，不是說馬是群居動物嗎，妳看那匹就呆呆站著，沒有同伴陪，當然無聊。」伯伯隨口抱怨了一頓。

我走出來，轉身要把圍欄關上時，驚人的一幕在眼前上演。

雖然當下只有短短一秒鐘，但後來在我回憶裡，就好像影音剪輯軟體，可以把那一秒時間拉大成無數個單位小格，更慢速的、無限次的播放：那匹白馬停到草叢邊時，老賈過去嗅了嗅白馬的屁股，白馬後腿立即防衛性的飛踢，啪的一聲，老賈的右腿瞬間軟下跪地，紅色液體滲出，痛苦的嘶鳴聲劃破馬場的靜夜。

老賈用左腿撐地想掙扎站起，但是白馬腳下的蹄鐵重重擊碎了老賈的腿骨，最後老賈只能半躺在地哀鳴，另一隻腳不斷扒地。遠處馬廄聽到聲音也起了騷動，紛紛不安地跟著叫了起來。

還沒下班的教練們聽到不尋常的動靜，立即趕到練習場。

接著就是一團亂哄哄的吵鬧聲，有的教練拿了籠頭試圖把躁動的白馬帶回，有的教練和禿頭伯伯起了爭執，有人大叫「趕快打電話叫獸醫」……

稍晚爸爸飛車趕到，李老闆也來了，大家圍著討論老賈的狀況。馬的眼珠又大又溫馴，長長睫毛下顯得特別動人。老賈雖然哀鳴漸漸轉小聲，眼神卻似乎流露更多悲哀。

櫃台吳阿姨發現我一直站在旁邊，過來扶我的肩問：「妳吃飯了嗎？」

我搖搖頭。

不久，爸爸到車上去拿醫療工具箱，我緊跟在後頭。

「爸，老賈會怎樣？」我急著追問。

「小光，妳先去做功課，大人在處理事情。」

「跟我說一下嘛。」我央求爸爸。

「老賈可能不行了。」爸爸的聲音沒有什麼情緒起伏。

「牠只是斷一條腿而已，不能打石膏嗎，像我的手之前接起來可以嗎，怎麼就說牠不行了？」我也激動起來。

爸爸按住我說：「小光，馬和人不一樣，馬的腿斷掉是非常嚴重的事。妳去休息，接下來的事……小孩不適合進來。」

吳阿姨幫我叫了便當，把我半拖拉到客服中心去。

我開始哭泣。

我怪我自己，我當時明明可以問那禿頭伯伯是否有被允許，我明明有機會可以通報教練，我猶豫半天卻什麼都沒做。就那一秒鐘的勇敢與畏縮，我選擇了畏縮。

窗外，昏暗的月光下，一群人影圍著老賈忙進忙出。我知道這大概是最後一次見到老賈了。

告別式 8

爸爸幫老賈安樂死那天晚上，我和爸爸很晚才回家。我在餐桌上邊寫數學評量邊哭，簿本濕成一片。爸爸還沒吃飯，煮了泡麵加蛋坐下來。

爸爸拿出一本馬的教科書，翻開圖片解釋給我聽：「馬腿的構造很奇特，非常能跑，卻也非常脆弱，如果一隻腳斷了，馬身體重量要由其他三隻腳撐，馬是撐不住的，常會併發蹄葉炎，那是幾乎治不好的病，就算活下來也會很痛苦。」

書上都是英文，我根本看不懂。「那就讓馬躺著休息，像住院那樣嘛！」

「馬必須站著走動，才能維持良好的血液循環，讓馬躺兩個月是不可能的事。國外也有試過把馬吊起來站著休養，但馬天生是奔跑的動物，這樣治療的難度很高。老賈的腿骨全碎，不可能好了，讓牠走是最仁慈的選擇。」

爸爸的解釋其實很清楚，我的淚卻一直湧出，對著爸爸大叫。

「你怎麼會忍心幫馬安樂死……」

「老賈就算活下來，也沒辦法再工作了。妳知道養一匹馬有多貴吧，李老闆不可能留牠，牠只會被送到待遇很差的地方，老賈很老，撐不久的。」爸爸把書闔上，開始吃麵。

雖然爸爸的分析有道理，我還是不滿爸爸竟沒有一點同情。

隔天，我去馬場送老賈最後一程。教練與馬工們在附近的田間空地挖了一個大洞，把老賈埋進去。

老賈腳下的蹄鐵被拆下來，小琴教練把老賈的尾巴剪了一段，分一撮給我。小琴教練說：「馬被剪尾巴，代表牠生前是匹優秀的馬，主人很懷念牠才會剪牠的尾巴留念。等馬死去時，神看了馬尾巴，就會知道牠表現好，值得嘉獎上天堂。」

老賈晚年主要負責擔任「馬術治療」的工作，幫助腦性麻痺、自閉症等身心障礙的孩子訓練肌力與平衡。對孩子來說，與動物相處有一種神奇魔力，會讓孩子充滿元氣，完全不同於面對冷冰冰的復健機器。老

賈做過這麼多好事，確實該上天堂。

馬工在埋土時，教練們就分別進行宗教上的儀式，有的拿聖經禱告，有的讀大悲咒。我跟著吳阿姨，拿著大悲咒經文照上頭標示的注音唸，最後燒些紙錢。

我不知道燒紙錢對不對，馬又用不到錢，但燒韁繩與籠頭給馬也怪怪的，老賈上天堂就該還牠自由了吧。後來我丟了一根老賈愛吃的紅蘿蔔進火堆，教練說我真傻，紅蘿蔔給活著的馬吃才比較值得。

老賈為人類而生，也為人類而死。不知老賈是不是一輩子都只活在馬場，一輩子都套著馬鞍被人騎，從沒去過大草原，也從沒看過大海？我們綁著牠騎著牠，這樣說起來，騎馬是不是一件很殘忍的事？

聽到我這些喃喃自語，阿福教練問我：「那為什麼有的狗被主人寵上天，導盲犬和警犬就倒楣每天都要工作？」

其他教練也一人一句問我：

「實驗室的猴子要幫人類試各種疫苗耶，妳怎麼忍心？」

「妳吃炸雞時有想過雞的感受嗎，我們騎馬的人至少不吃馬，速食店把雞殺了裹粉炸給妳吃，妳怎麼吃這麼開心？」

我聽了一時語塞。

吳阿姨拿棍子攪動金紙桶，讓空氣流通加速燃燒。

「小光啊，妳知道以前有多少馬嗎，第一次世界大戰時，軍隊打仗還要靠馬拉大砲哩。現在車子代替了馬，妳看世界上還剩下多少馬？如果馬沒有休閒騎乘功能的話，可能就會像石虎一樣瀕危了，而且馬肉不算好吃，養馬成本又高，其實人類……不太需要養馬。」

「如果沒有人類，動物們就不會那麼命苦了吧。」我丟入最後二張金紙。

一直努力鏟土的馬工，聽了忍不住加入聊天。

「沒有人類，馬一樣會被狼群吃掉，妳沒看動物星球頻道喔。老賈很好命啦，一輩子不愁吃，還有我做牠的剷屎官。」

教練們都笑了起來。

沒錯，地球被人類控制，人類豢養的動物只能活在一個小圈圈，野生動物也被到逼到角落。身為人類世界小小國中生的我，其實處境也沒好多少，每天困在一間教室裡，只為了怕長大沒有溫飽的能力，看來動物和人類為了求生存都很辛苦。

紙錢慢慢燒到灰飛煙滅，老賈永遠長眠了。

我在水槽刷洗老賈留下的蹄鐵時，仍思緒亂飛。

弟弟和媽媽去了遠方。

莊為芬要轉學。

老賈走了。

閃電可能也要被賣掉。

為什麼大家都離去，剩我一個人在原地傷心？

弟弟與媽媽是主動挑戰人生，莊為芬是轉個跑道衝刺。老賈與閃電呢，牠們受制於人類，動物的命運只能被人類左右。

突然我心裡震動了一下，「我」就是參與牠們命運的人類。

如果我再這麼消極，我又會再度為馬的離去而哭泣。一想到這，心裡似乎有什麼在翻騰。

我走到閃電的馬房前，閃電正躺著打盹，牠聽到我來，把頭稍微抬高看一眼。我打開門走進去，蹲在閃電旁邊，摸摸牠頸上那道白色的光。

我與閃電約定。

「我不會放棄你的。」

豪門慶生會

9

我的下體與屁股好痛。

最近馬術課狂練「壓浪」，所謂壓浪就是屁股要緊黏在馬鞍上，不管馬背怎麼顛簸，屁股都不可以彈起來，這怎麼可能？

要怎麼黏住，教練講了各種方法，例如腿放鬆、骨盆往前跟隨、身體向後仰五度、想像坐骨插在馬鞍上……但壓浪是一門高難度技術，需要經年累月才能練好，我每天在馬鞍上磕磕碰碰的，下體與屁股時不時就破皮，流出組織液。

洗澡時下體傷口碰到水，痛到像針刺一般，我常「嘶」一聲咬緊牙根，更慘的是尿尿時還會再痛一次，到校上課更是如坐針氈，一下往左扭、一下往右靠，讓下體與屁股的傷口休息。

莊為芬看我動來動去，忍不住勸：「應該要和教練或爸爸說一聲吧？」

「我不好意思問男生，就偷問小琴教練，她叫我以後上課前先擦一層凡士林。」我苦笑。這種私密事是我第一次向父母以外的人求救，卻也生出一種自理傷病的獨立感覺。

莊為芬說我自以為很獨立，以為沒有媽媽也能過得好，那反而更顯示出我從小被照顧得很好，因為我的內心沒有「空洞」，而不是無依無靠被迫勇敢。雖然我覺得莊為芬好像把「獨立」打分數比高下，好像她過得比較苦，她的獨立就比我更強，但相比於她，我確實沒話反駁。

「歡迎來參加我的慶生會，大家一起來玩！」宋以琳笑盈盈捧著卡片，在下課時間向全班同學發送慶生邀請卡。我以為宋以琳會故意獨漏我，想不到我也有一張，有點受寵若驚。打開邀請卡一看，宋以琳要辦「露天汽車電影院」，而地點竟然在……西敏馬場！

「小光妳一定要來喔，不要在禮物上破費喔！」宋以琳笑得很甜。

一開始我看到地點心裡不舒服，彷彿我的地盤被入侵。但我隨即怪自己大驚小怪，馬場常常外借給人拍婚紗或辦活動，本來就是公開的場地，而且我確實被提醒了一個嚴重的問題，要送什麼禮物給一個千金小姐？

呃，我需要一個顧問。

和媽媽、弟弟視訊時，媽媽告訴我日幣很小，是台幣除以四，但是日本的東西比較貴，她出門購物都要帶計算機算一算。我提議也許從日本買什麼名產給宋以琳，但媽媽說：「以前我那個年代，能拿到美國帶回來的巧克力、日本帶回來的餅乾就是很豪華的禮物。現在交通發達，網路上一堆買外國貨的代購，寄什麼到台灣都不稀奇了。」

慶生會的前兩天，吳阿姨與助理們就開始忙碌。宋以琳租下馬場的停車場，請人搭建大螢幕等視聽設備，我這小幫手也跑上跑下的，幫忙引導學員去其他處停車。

吳阿姨講完好多通聯絡電話後，問我：「妳和宋以琳很熟嗎？」

我搖頭。

「我從頭到尾都沒聽到她爸媽的聲音耶，所有事情都是她爸爸的祕書、她媽媽的祕書分頭和我聯絡，我頭都快昏了。」

這種偶像劇才有的豪門陣仗，我慢慢已習慣了。對於即將來到的慶生會，我也充滿期待，想開開眼界。

慶生會當天下午，大螢幕音響等設備已就定位。這次的主題「露天汽車電影院」在美國很流行，美國人會在太陽下山後，坐在自己的汽車上看露天電影。平常馬場的停車場多半是保時捷、賓士等名車，但今天來的車更稀有，許多敞篷車或進口車我完全叫不出名字，此外宋以琳也準備了一些車，供無法帶車來的同學使用。為了使看電影不擋住視線，工作人員指示所有車子依高低排列，較矮的敞篷車在最前頭，其他車在後頭，放眼望去像是名車大展一樣，貴氣逼人。

冰淇淋餐車、漢堡餐車、飲料餐車等陸續開進馬場，全班同學可免費享用，馬場突然化身園遊會，連空氣都好像是甜的。

客服中心裡布置了大把鮮花和氣球，同學們送的禮物堆滿一桌。我本來送給宋以琳的是親手彩繪的馬蹄鐵，這是爸爸給我的建議。爸爸說馬蹄鐵在西方被當成是一種幸運物，尤其是馬確實用過的蹄鐵，象徵為主人衝破逆境。我向教練討了一個馬蹄鐵，刷洗後塗色。但媽媽在視訊中聽了大笑：「這種事妳怎麼會聽妳爸的，妳送一個少女這種東西，誰會開心啊？」

最後我去買了一組我從小就想要的封蠟印章組，我一直捨不得花錢買，結果反而先買給了宋以琳。莊為芬則是送一本英文版的古典文學小說。

同學們很少有機會到馬場，看到高大的馬匹驚呼連連。平常一般人生活中只能看到膝蓋高度左右的狗，突然看到比大人還高的巨獸們一字排開，那場面確實是非常震撼的。

「小光，馬會咬人嗎？」、「小光，我可以餵馬吃草嗎？」、「可以訓練馬坐下、握手嗎？」同學們知道我常來馬場，呼喚我的聲音此起彼落，我就順便當個嚮導，帶同學逛馬場，介紹一些親近馬的基本知識。

「看馬的耳朵可以知道牠的心情，如果耳朵向後代表心情不好，就不要摸牠。」我比著馬耳朵方向。

「餵馬吃紅蘿蔔要這樣……」我示範手掌全部攤平，把紅蘿蔔放掌心。「把馬的牙齒想像成鯊魚夾那樣，手掌攤平就不會夾到手。」

馬的嘴很大，感覺很嚇人，初次餵馬需要很大的勇氣，剛開始練習時，人們常會把手掌伸出去，又緊張臨陣縮回。同學們試了一次又一次，尖叫聲不斷。

「呀，都是馬的口水！」、「剛才馬好像想吃我的頭髮！」馬廄迴盪同學們的笑聲。

「小光，什麼是騙馬？」蘇得凱指著馬房門口的指示牌問我。

「就是閹過的馬。」我解釋。

「沒有蛋蛋的太監不就是你！」、「因為牠被阿魯巴過！」男生們開玩笑玩起互相攻擊褲襠的低級遊戲。

「小光妳好厲害！等一下妳能騎馬給大家看嗎？」馬廄裡同學們團團包圍著我，這是我第一次感覺到受歡迎。

宋以琳站在較遠處看著大家。她是壽星，焦點卻在我身上，我有些不安。我才閃過這個念頭，她就走過來問我：「我也想上一堂馬術課看看。」

櫃台吳阿姨趕緊幫忙查看教練的時間表，我拿綁腿等護具請宋以琳穿上。

宋以琳捏著綁腿說：「我不會穿這個欸。」宋以琳盯著我：「小光，妳可以幫我穿嗎？妳不是在這裡打工嗎？」宋以琳的大小跟班接著大聲說：「對呀，我聽說簡頤光是在這裡打工換課程。」

我愣住了，宋以琳並不是需要幫忙，原來她只是想羞辱我，一股奇異的憤怒感從腳底衝到腦門，血管像要沸騰。

「阿琳，我教妳穿，很簡單，這邊連幼稚園夏令營的小孩都會。」熟悉的台詞，熟悉的聲音，竟然是英明大哥走過來說：「妳要學騎馬，刷馬洗馬也都要一起學耶。」

「宋以琳妳表哥長得好帥喔！」有些同學開始起鬨。

英明竟然是宋以琳的表哥！想一想果然不稀奇，英明之前驕縱的程度，對比宋以琳根本不遑多讓，確實像同家族出身，只是小琴教練短短時間就把英明大哥治得服服貼貼，不知怎麼辦到的。

「我……我可沒辦法刷馬喔，我對動物的毛過敏。」宋以琳不甘不願跟著英明穿護具。

「妳不親自照顧馬，就不知道馬哪裡不舒服、今天脾氣怎麼樣，人騎在馬上就會危險。」英明果真變了一個人。他說的沒錯，這就是為什麼要親自照顧馬，要像媽媽一樣，一眼可看出小孩是否不對勁。

經過一番溝通，吳阿姨安排宋以琳上外籍教練大衛的課。大衛教練是馬場特聘的外籍教練，他的收費是一般教練的兩倍。至於宋以琳要騎的馬更是不得了，教練牽出了「火星」，牠是馬場裡的「高級馬」——騎牠每一節課四十分鐘的費用超過一萬元，要價驚人。

高級馬不只是能力極為優秀，外型儀態也是上上之選。

當火星被牽入場中時，擠在場邊的眾人眼睛都亮了起來，火星的身型高大，四肢修長，深色的毛皮閃動著光澤，一身健美的肌肉是每天規律訓練的結果，微弓型頸脖弧度是長期調教的優雅儀態。火星每一個踏步都氣勢不凡，可以說是馬界的超級名模，堪比擬希臘羅馬時代比例完美的雕像。

「為什麼初學者要騎高級馬？她根本不會騎呀？」我轉頭問英明。

「妳等一下看就知道了。」英明笑著搖頭，一副無可奈何的樣子。

宋以琳爬上火星，教練幫她調整好握韁與拿鞭的姿勢之後，竟然就一直站在原地不動，然後大小跟班拿著手機拚命幫她拍照。接著宋以琳又摘下安全帽，甩甩頭髮做出各種俏皮姿勢。不知拍了多久，教練才開始慢慢牽著火星繞圈走，讓旁人幫忙錄影。

真是令人啼笑皆非。

同學們看宋以琳慢步走一圈後覺得無聊，轉向催我：「小光，妳騎給我們看啦！跳障礙！」

「對呀小光，不是說要跳給我看？」蘇得凱也轉頭問我。

「啊……馬沒有熱身不能直接跳，會受傷，今天沒時間。」我支支吾吾。

阿福教練走過來拿梯椅，故意說：「想看小光跳障礙，等全中運啊，全國中等學校運動會，她會代表你們學校去比賽。」

「我哪有？」我一臉愕然。

「有啊，而且我和李老闆商量，閃電至少留到妳騎去全中運跳障礙。」教練趁機要脅我。

「原來妳真的是選手！」蘇得凱面露讚嘆，同學們也吵著說到時幫我加油。我苦笑，教練給我挖了好大一個坑。

不久宋以琳下課，天色昏暗下來，同學們轉移陣地準備要切蛋糕，到汽車上看電影。

我把練習場的柵欄關上，望著遠方架好的大螢幕亮起，電影畫面放出閃爍的光影，令我目眩神迷。

夢想的代價

10

我在床上睜開雙眼，一時分不清楚時空，慢慢才回神。回想昨天，好像愛麗絲夢遊仙境。

昨天汽車電影院播放的影片是《阿凡達》（Avatar）第一集。我和莊為芬被安排在借來的敞篷跑車中，我喝飲料時小心翼翼，深怕打翻弄髒了細緻柔軟的麂皮座椅。後方有些同學直接坐在車頂上，自由逍遙的晚風吹來，整個世界彷彿只為了取悅我們。

晚上同學們散場離去，我留下來幫忙收拾。

「其實那個孩子滿可憐的。」吳阿姨說。

「誰？」

「妳們班壽星。」

「她可憐？」

「妳沒發現她爸媽從頭到尾都沒出現？」

「青少年都不想和爸媽在一起吧！」

吳阿姨搖搖頭：「一個孩子，自己替自己辦生日派對，自己邀請爸爸，但連想和爸爸說話都要透過祕書安排……天啊，她是怎麼長大的？」

吳阿姨說她在辦公室裡，聽見宋以琳在電話中對爸爸的祕書咆哮，她要祕書叫爸爸和她講話，要求爸爸過來切蛋糕，整個下午打了好幾通電話，仍沒辦法和爸爸說上話，最後她大哭說會在馬場等，她要留在台灣不會出國。

「在台灣，這麼有錢的家庭通常會安排小孩出國讀書去，她一直堅持留在台灣，也許想向爸媽堅持什麼吧。」吳阿姨說一個人會這麼自戀、拚命刷存在感，都是為了想要證明給人看，反過來說就是內心沒自信的表現。

大人很喜歡觀察小孩幾件事，就來分析小孩，甚至算命一樣推論小孩的未來，我不喜歡大人這樣。不過吳阿姨說的話似乎也有道理，在知道宋以琳與父母的關係有些曲折後，我看宋以琳也從懼惡感，到產生了一絲同情。

星期天下午，與媽媽弟弟視訊完，爸爸心血來潮騎重機載我往陽明山方向去。

我們停在山上的行動咖啡車旁，爸爸點了咖啡，給我點了巧克力牛奶，一起俯瞰山腳下的台北。

「爸，你知道圍棋也算運動項目嗎？下棋竟有觀眾要看，還能變職業，真不可思議。」我對弟弟那麼小就決心鑽入一方棋盤而感到敬佩。

「妳知道為什麼大家都喜歡看運動比賽？」爸爸反問我。

「因為很精彩？」

「因為普通人的人生，幾乎不可能長期把所有精力專注在一件不事生產的事情上。」

爸爸把牛奶倒入咖啡中，用湯匙攪動，微笑看向我。

「妳看馬術選手每天反覆跳障礙竿；體操選手同一個迴旋動作練十

幾年；妳弟弟每天下棋超過八小時，仔細想有什麼意義？這些運動員代表了人類把單一技藝推進到極致的理想……選手就是代替我們『根本不可能那樣活著吧』的方式而活著，我們把夢想投射在運動員身上，所以愛看比賽。」

爸爸一口氣說完，喝一口咖啡。

「那你有把夢想投射到弟弟身上嗎？」

「當然。」

「那，你有把夢想投射到我身上嗎？」我小心翼翼，怕聽到失望的答案。

「沒有。」

「什麼！」我跳起來，太看不起我了。

「拜託，妳現在有哪個夢想？」

哼，我扁扁嘴，拿起爸爸的手機，查詢起馬術。

馬術是奧運中最貴的運動。它是唯一人與動物配合的項目，可想像成一種「雙打」，騎手是運動員，馬也是運動員，而能力優秀的馬身價都是千萬起跳，這可不是一般家庭可以負擔。

英國王室安妮公主曾是奧運馬術選手、蘋果電腦創辦人賈伯斯的女兒得過馬術冠軍、微軟電腦創辦人比爾蓋茲的女兒同樣是馬術好手、代表台灣參加奧運的馬術國手也出身於企業豪門……之前我在宣傳簡章上讀到許多馬術名人的故事，如今我才恍然大悟，為什麼富豪家庭有這麼多人成為馬術選手，這根本是因為這項運動只有富人才有財力拚到最後，選手當然只從中出現。

相較之下，弟弟投入的圍棋簡單多了，文具店一盒百元的塑膠棋子就可以開始玩。我不禁思索起每項運動的代價與意義。

陽光和煦，行動咖啡車的生意不錯，不時有騎重機、自行車的客人停下來休息。我又多點了一杯巧克力。

我和爸爸享受群山環繞與芬多精的擁抱，只需要一杯巧克力的花費，我想現在這樣也很好。

奔跑吧

11

第二次段考，因為我花了更多時間練習騎馬，成績掉到第十五名，遠落在莊為芬與宋以琳後頭。我本來以為宋以琳會因為勝利而心情好，但大小跟班並沒有打算放過我，持續跟監圍堵我，只要我跟哪個男生說話，哪怕只是借枝筆，她倆就會對著男生喊「哦——男生愛女生！」、「談—戀—愛！」到最後每個男生都盡量避免和我說話，免得被騷擾。

上生物課時，我找人換座位，與蘇得凱保持距離，蘇得凱看我一眼後沒多說話。因為我害怕蘇得凱先一步主動遠離我，所以我乾脆自己換，大小跟班算是成功孤立了我。其實我還存有一絲絲幻想，希望這麼做蘇得凱會來問我：「怎麼了嗎，為什麼要換？」這樣我就能以受害者姿態訴苦。

弟弟聽了說：「妳不覺得大小跟班很可憐嗎？她們不能好好上課，也不能好好下課，必須不斷盯著妳。妳一定要趁她們放鬆時，故意犯規和男生說一句話，讓她們忙到累死。」我聽了大笑，好有道理，只是回到學校現實中，仍有被緊緊掐住的窒息感。

在馬場吃晚餐時，我忍不住抱怨大小跟班。小琴教練聽我聊這些是非，淡淡的說：「妳知道為什麼我在馬場當教練嗎，就是討厭這些人際的事，和動物合作反而比較舒服。」

阿福教練聽了馬上靠過去裝哭臉：「那我可以當妳養的動物嗎？為妳做牛做馬！」

小琴拿筷子戳阿福的肩：「禽獸！走開啦！」

幸好在馬場，我還有必須專心的事，我已經在帶馬練跑了。

每個學騎馬的人，全都嚮往著騎馬奔馳的那一刻——喀噠喀達四蹄敲地的聲音，有如火車鐵軌的規律節奏，喀噠喀達，喀噠喀達，跑過草原，跑到天際。

第一次學跑時，阿福教練用繩牽著閃電繞圈跑，我坐在馬背上就像乘坐旋轉木馬。

「先快步打浪……接著壓浪……外方腳向後……內方腳提醒！」我

跟著教練的指令做動作，閃電真的開始跑起來了！

那騎乘感就像在遊樂園搭乘一種會邊旋轉、邊上下起伏的轉盤，往上飛——往下飛——往上飛——往下飛。我心中的狂喜像火山爆發源源噴出，刺激感與速度感讓大腦釋放多巴胺，不得不說這確實是種會上癮的感覺。辛苦了這麼久，這飛翔般的快感就是我得到的獎賞。

阿福教練說：「好，現在手不要抓安全繩，直接拿韁繩。」

「不行！」我驚恐大叫。

「我牽著馬妳怕什麼，妳不放手之後要怎麼帶馬跑？」

「不行，我會摔！」我尖叫。

安全繩穿在馬鞍上，就像搭乘雲霄飛車手抓的安全護欄，但搭雲霄飛車就算放手也不會飛出去，騎馬可不一樣。

「如果妳要靠手拉繩才能維持平衡就錯了，妳的手要保持安靜，亂拉的話馬嘴會受傷。」教練糾正我。

馬被人騎乘時，嘴裡會含一根金屬製的口銜，它連接著韁繩，若太用力拉繩，馬嘴被扯動會痛，所以手要靜，韁繩只能下指令，在馬背上的各種晃動都要靠身體下盤的運動來化解，這騎座功夫可不容易達到。

自從練跑步之後，我回家下背就開始痠痛，有時晚上甚至要吃止痛藥才能睡覺，爸爸說我功夫沒練到家，亂撞一通才會這樣。

一個週末早上，爸爸載我到馬場，神祕兮兮說要送我一件禮物，非常貴重。

我忍不住幻想「爸爸該不會買一匹馬給我吧？」難道爸爸會像電影情節一樣，把傳家寶什麼古董字畫給賣掉，就為了湊錢幫小孩實現某個夢想？我會不會想太多了……

到馬場後，吳阿姨拿了一件黑色的背心給我試尺寸，掀開背心口袋

藏著一個小鋼瓶，我驚喜的大叫：「爆炸背心！」

這是一件充氣安全背心，它的原理和安全氣囊類似，小鋼瓶開口用一條繩索勾在馬鞍上，如果摔馬的話，繩索拉動鋼瓶，就會立刻爆開使背心瞬間充氣，保護頸椎和肋骨。因為爆開時會「砰」一聲像拉炮，所以大家暱稱它叫爆炸背心。

我捧著背心笑得合不攏嘴，因為舊式安全背心很厚重，像把游泳救生衣穿在身上，常熱得滿身汗，新式背心就舒服多了。

爸爸掏出信用卡付錢，我瞄到帳單，數字二後頭跟著四個零。

個、十、百、千、萬。

兩萬！

兩萬元……快要接近台灣社會新鮮人一個月的薪水，也是宋以琳一條圍巾的價錢。我記得她曾經在臉書上曬出一條圍巾，大家誇好看，她回覆還好啦不很貴，大概二萬多塊。

「這件會越穿越貴喔！」爸爸幫我調整扣環時說。

吳阿姨從櫃子裡拿出一個小鋼瓶。「這個充氣鋼瓶，妳每摔一次就要重新裝一個，每個鋼瓶一千塊，所以妳越摔就越貴。」

我張大嘴。「摔一次就一張鈔票，我壓力也太大了吧！」

「不不，妳要反過來想，這個鋼瓶就是買保險，付保險費總比妳又摔斷骨頭住院好多了。」

我照鏡子看自己穿背心的模樣。之前我都穿馬場提供的公用背心，背心已從黑色褪到灰色，無數人的汗在上頭流成一條河。現在這件背心嶄新、昂貴，而且——專屬於我。

「好想看它爆炸後是什麼樣子，又怕它爆炸。」我捧著背心，感覺裝備進階了，似乎騎術也跟著進階一般，心裡飄飄然的。

閃電的突破

12

天氣一天天轉涼，我的成績也充滿涼意。爸爸忍耐著沒有多說什麼，倒是媽媽在視訊中把我與爸訓了一頓：「成績一直退步欸，以後考高中是考騎馬還是洗馬？」

爸爸明白我想帶閃電跳障礙的心願，他問我：「全中運是什麼時候？」

「明年三月。」我算算還有四個月。

「那我們最多一起撐到明年三月好嗎？」

爸爸說「撐」，除了幫我擋住媽媽的壓力外，恐怕還因為跳障礙的學費，比一般馬術還更貴，目前我跳的高度不高，阿福教練不計較學費，但之後爸爸可能就負擔不起了。

除了成績烏雲罩頂，我負責的園遊會進度也卡關。每週開班會的時候，老師都要全班花十分鐘動動腦，思考園遊會的販售項目，可是不管哪個提議，都有人潑冷水說：「沒用的啦，我們的攤位太差了，多賣多賠而已，那個位置從來沒賺過錢。」特別是大小跟班，只要是我提的意見就一定唱反調。

有一次我洩氣的說：「不然我們來接延長線，弄成手機充電站好了，一定很多人手機沒電，沒電了就來我們這裡。」結果大小跟班竟然沒反對，因為接學校的電是無本生意，穩賺不賠，只是這個想法太消極了，老師說只能當備案。

全班都瀰漫著一股失敗主義的氣氛，完全不信任我。難道換宋以琳當組長會不一樣嗎？大家都指望著靠她家的財富，再弄個演唱會放煙火嗎？老師對班上的自暴自棄沒說什麼，只平靜的說：「還有時間，下次班會再動腦一次。」

有一天放學，小麥跑來和我說，要跟我去馬場挖馬糞。於是，我帶著小麥來到馬場蒐集馬糞的桶子前，指給她：「妳自己挖，我不敢喔！」

橘色的方型大塑膠桶內，馬糞堆了半滿，有些已風乾碎開，有些濕黏帶水，夾雜咖啡色木屑與綠色草屑，混成大小不一的塊狀，瞄一眼就胃酸上湧想趕快轉開視線。

小麥右手拿著衛生竹筷，左手拿著湯匙，面對成堆的馬糞猶豫不決。

「現在它們看起來……黏黏軟軟的耶。」

「因為很新鮮哪，教練才剛倒一坨進去。」我雙手環胸，和馬糞保持距離。

小麥憋住氣，用僵硬的姿勢彎腰挖了一湯匙。

我突然放聲大笑：「妳知道妳看起來像什麼嗎？妳好像準備要吃大便，哈哈……」

小麥聽了也爆笑出聲：「來呀，餵妳一口！」接著拿湯匙作勢要餵我，我尖叫逃跑，我們倆在糞桶前追來追去，笑到流淚。雖然在學校有點低潮，但是在馬場總是能找到有趣的事。

送走小麥後，我又開始每天的例行訓練。

自從決定要參加全中運的障礙賽，教練對我的訓練就不斷加速中。

首先是練前傾，就是站著彎腰騎馬。這是為了跳障礙做準備，在馬起跳的那瞬間，我必須要配合馬站起來，手把韁繩放鬆，才不會阻礙馬的前進跳躍。這個動作非常累，常常練完一節課，到晚餐時間就不小心睡著。

「妳回家也要在瑜珈墊上練『棒式』，在平地上就把核心練好，妳上馬才不會對不起馬。」教練出了功課。

「教練，我練到有腹肌了。」我翻開衣服給阿福教練看。

「別別別，我會吐，我不想看妳的。」阿福教練撇開頭。

「小光妳要好好練喔，看我的。」小琴教練在場邊掀起衣角，露出她結實的腹肌與馬甲線來，全場男教練們口哨狂吹「咻——」。

接著，我練習控穩閃電的速度，才能計算步伐與起跳點。

「一、二、三，跨！」

「一、二、三、四、五，跨！」

計算步伐很重要。大家小時候玩橡皮筋跳高，一定有過這個經驗，一路助跑到靠近橡皮筋前，才發現對高度沒把握．或是步伐凌亂，這些都會造成人緊急煞車，要回頭重新助跑，等感覺穩妥才跳。馬也是這樣，所以騎手必須算好馬的速度與步伐數，帶馬到一個最好的起跳點，否則馬會拒跳。

教練說我學得很快，現在只剩最關鍵的問題，就是閃電仍不肯跳矮竿。

「小光，妳不要在那邊自己示範跳高了，現在就直接騎閃電跳！妳連過五個地竿後，再跳過三十公分那一道，保持穩定的速度，給牠信心。」

「閃電你行的，我們都練地竿多少回了！」我心裡默想著，拍拍閃電的脖子，接著發動跑步，繞了兩圈後，準備進入地竿。

一、二、三、四、五，順利通過五道地竿。

接著面對矮竿，我估算大約四步起跳。來吧！

四、三、二、一，起跳點來了！

我保持前傾，站起來準備讓閃電起跳，閃電看似要跳，頭也抬高在目測距離，一來到竿前卻突然緊急煞車，我前傾的身體來不及坐回來，人往前飛，身體攔腰掛在障礙竿上。

我摔下瞬間「碰」好大一聲，安全背心的鋼瓶爆破，氣囊立即充氣包覆我身體，閃電聽到爆破聲嚇壞了，拔腿狂奔。

場邊教練們全跑上前試圖包抄牠，閃電一看到人就換邊跑，跑到障礙竿前，先扭頭閃過去，但又被教練包圍逼到另一道障礙前，閃電一個猶豫後竟直接跳過去了，接著牠不再猶豫，第二道、第三道……一道又一道，滿場跳，似乎跳上了癮，扭頭踢腳，又露出牠的舌頭來，開心得很。

大伙兒都看傻了眼。阿福教練對著閃電喊：「你總算想開了啊！」終於閃電累了慢慢停下，讓教練去牽牠的韁繩。

小琴教練扶我站起來，我拍拍身上的沙子苦笑。「一千塊爆掉了……」

馬術檢定

13

學期結束。寒假伴隨著冷鋒來到，莊為芬離開了學校。

媽媽決定過年不回來，因為台灣過年時，日本還要上班上課。我和爸爸也樂得悠哉，不然每次過年大掃除時，媽媽生氣的頻率就會進入高峰期。

過完年，馬場即將舉辦馬術檢定，阿福教練要我報名障礙六十公分組。「先當成全中運前的模擬考，全中運最低要跳到八十公分。」

自從閃電上次嚇到自己狂跳障礙後，牠竟然治好心病，又回到「中二屁孩」的狀態，常常越跳越興奮，害我的背心已經噴掉四個鋼瓶。

「閃電有很強的慾望想要贏，想要跳，牠是天生的運動員……」阿福教練拿著對講機吼馬背上的我：「但是——妳這個路痴正在拖累牠！」

「我忘了還有哪一道沒跳！」我東看西看，迷失在一堆障礙架中。

「妳不是功課很好，什麼都記得住嗎！」阿福教練又大喊。

「路線不一樣啊！」我大叫。

要背下障礙路線真是個大挑戰，每一場障礙賽中約有九到十二道障礙，路線彎來彎去而且還互相交叉，不小心就會迷路。最要命的是，每場比賽的路線都不一樣，也不會事先公布，只在比賽當天會開放一小段時間，只准騎手進場「用雙腳走」去記憶路線，要是弄錯路線那就完蛋了。

阿福教練教我深呼吸，慢慢走。「閉上眼，想像妳騎在馬背上的視角，就像平時打電動的螢幕那樣，模擬一遍。千萬要記得，中間絕對不要和人聊天分心，不然就會迷路！」

怎麼可能聊天，比賽時哪來這種心情。我好奇問：「你發生過？」阿福教練說：「有啊，我第一次在全國運動會見到小琴，被她迷住了，就問她代表哪個縣市比賽，她瞪我一眼沒講話。結果我跳障礙時就在說話的那一段多轉了一圈。」

「教練，你真的很色很丟臉耶。」我搖搖頭。

沒想到阿福教練抬起頭，對著正在上課的小琴教練大喊：「我的心

到現在還在迷路！」

小琴教練充耳不聞，把頭轉另一邊。我掩著嘴笑。

隨著檢定時間逼近，學員們加緊練習，馬場熱鬧滾滾，每天都有人摔馬開鋼瓶的聲音。我喜歡這種氣氛，雖然我們來自四面八方，但都走在同一條路上。

很快的，馬術檢定的時間來

到。這天是馬場的大日子，馬場擺出長桌，鋪上潔淨的白桌巾，端出一盤盤可口精緻的餐點，所有的學員都穿著正式的馬術服裝，像是走進印象派畫家雷諾瓦的畫中，在歐洲某場花園盛宴裡，人聲、音樂與歡笑流動著。

「小光！」英明向我打招呼，他今天也穿著正式比賽服，深色西裝外套下是白襯衫繫白領帶，白色馬褲搭上黑色馬靴，和他平常的街頭嘻哈風完全不同，變身成小小紳士。

「哇，你穿這樣看起來很不一樣耶！」我驚訝。

「是說我帥？」英明故意撥髮裝酷。

「是說猴子穿衣服也會變成人耶。」我和英明也熟到可以互「虧」了。

「等等，那妳怎麼還是猴子，妳不是要上場？」英明問我。

「我……晚一點還要洗馬，就不穿了，免得弄髒。」我低頭看自己穿著尋常休閒衣褲。媽媽總是幫我買大一號的衣服，預留長高的空間，豈料我一直沒什麼長高，所以衣服總是寬寬鬆鬆掛著，袖子反摺了還會不斷掉下來。

「今天是檢定無所謂，到全中運時妳不能穿這樣喔。」英明提醒我。

「我知道。」我何嘗不想穿上正式比賽服裝，但我上網查過，專業馬術品牌的衣服任一件都要上萬元。就算是平價品牌，整套也要花上五六千塊。比賽服一年只穿幾次而已，所以我沒向爸爸開口，決定拖到全中運那時再來想辦法。

上午是「馬場馬術」的檢定，它又稱為「盛裝舞步」。這個項目看得懂的內行人不多，我只覺得像是「馬在跳芭蕾舞」。我把布丁、起司……每種口味蛋糕都夾進餐盤裡，想邊吃邊等英明上場。

阿福教練正拿著表，查看學員的出場順序。

「教練，為什麼要教馬跳舞？」我嘴裡塞滿食物。

「其實這是在演出一種精準的操控，馬術運動源自於古代戰爭與狩獵，在戰場上的馬要學會各種指令與步伐，而打獵的馬要跳越樹叢與水池，演變到現在就成了盛裝舞步與障礙賽。」

原來如此，每種運動都有它的歷史意義。

我正要再吃蛋糕時，被教練按下叉子：「不要再吃了，等一下肚子痛。先去幫閃電熱身。」

午休完後障礙賽就要登場。我牽著閃電到練習場熱身等待。

阿福教練把馬的肚帶調緊，提醒我：「妳今天要好好體驗正式比賽的感覺，六十公分組共有十個人……欸，妳怎麼穿這樣，妳沒有比賽服嗎？」我還來不及解釋，阿福教練又揮手說：「算了算了，今天先這樣。待會兒不要貪快，穩穩跳，記得我常常說，要跳出什麼境界來？」

「行雲流水！」我搖頭晃腦。

「竿子掉了怎麼辦？」

「不要想，往前看！」

「掉一次竿是失誤……」

「連續掉是沒程度！」教練的名言我倒背如流。

「一百分！」阿福教練點頭。

廣播喊到我的名字：「下一位，簡頤光請準備。」

我騎著閃電進到場中時，阿福教練用口哨輕吹起《追殺比爾》的主題曲咻——咻——咻咻咻——。「殺氣！拿出來！」

我帶著閃電在場內快步繞圈，手輕拍閃電的脖子鼓勵。說我不緊張是騙人的，畢竟這些天的努力，就是為了這一刻。

「叮鈴」裁判鈴聲響起，我的腿下達跑步指令，喀嗟喀嗟——馬飛快跑起來了，馬一旦跑起來，速度加快，所有事都會在電光火石間發生，所有判斷都要在毫秒內，我全神貫注，先沿著場邊跑，接著要進起點。

起點處工作人員正舉起小紅旗示意，當我靠近紅旗準備要左轉時，閃電竟突然抗韁，頭往右撇跳開，沒有進入起點。

「啊——」我被甩歪失去平衡，幸好閃電隨即停了下來。

「糟，閃電被紅旗嚇到！」我暗叫不妙，閃電因為第一次參加比賽沒見過小紅旗，被飄動的旗幟驚嚇而不服從。我立刻腳跟輕踢馬肚，重新起跑，根據規定，我必須在鈴響後四十五秒內進起點。

「剛才有扣分嗎？」我腦海中快速翻過障礙規則，雖然規定說馬匹不服從要扣分，但是我根本還沒進起點，理論上比賽還沒開始計分，所以剛才應該不算。

「冷靜，沒事。」我反覆告訴自己。

這次我試著繞大圈一點，教練說如果馬匹感到不安的話，就把進障礙前的助跑距離拉大，讓馬有多一點時間觀察，減少焦慮。

我與閃電第二度來到起點，準備左轉，我的手不自覺抓緊韁繩避免摔下，幸好閃電沒再被紅旗驚嚇，順利跑進起點，開始計時。

第一道障礙竿在前方，我一直保持等速，腦中計算步伐，五步起跳。

「五、四、三、二、一！」起跳點來了，我站起來，隨著馬背騰空而漂浮在空中——從起跳到落地的一秒內，我像是玩海盜船一樣，身體完全被拋在空中，屁股是離開馬鞍的，腳浮起來，手鬆開韁繩，整個人呈現失重狀態，然後在馬落地瞬間跟著咻一下坐回馬鞍。平日勤練的腹部核心，果然幫助我立即找回重心。

接下來連續兩道都是單橫木，我不求快，每個轉彎都盡量繞平順，把路線帶成直線入竿，讓閃電有足夠的助跑距離可以觀察。

四、三、二、一，起跳……落地——突然閃電失蹄踱了一下，我叫一聲往前飛出去掛在馬脖子上，更要命的是，這一摔我左手鬆開，韁繩甩到馬鼻子前，所以我現在左手沒有韁繩，連左腳的腳鐙也掉了！

我緊抱著閃電的脖子，一陣恐慌襲來，閃電速度減慢不少，牠抬起頭硬把我的身體往後頂，我左手抓著鬃毛，把重心放在右腳鐙，右手側身往前撈，把韁繩給撈回來。

「不要急，只要我沒落馬，我就沒被淘汰！」我安慰自己，左腳踢著尋找腳鐙，兩步之後又找到腳鐙穿回去。才短短幾秒鐘而已，冷汗已流了一身。

我抬頭望向最後一道組合障礙——連續兩個單橫木。連續障礙，是這次檢定賽中容易失誤的部分。在跳完第一道竿後，只能再助跑幾步就得要再跨過第二道竿，如果第一道跳完平衡沒有立即校正，或是馬跳完動力減弱，就會影響第二道竿。

我依照平常的練習，跳過第一道竿落地後，身體回正保持平衡，口中發出催促的彈舌音命令閃電不要慢，不要停，閃電是匹求勝慾望強盛的馬，牠跳過竿後動力不減，兩個跨步之後，後腿一蹬，凌空躍過障礙，完美落地。

廣播響起：「總計時間五十六秒，零扣點。」

成功了！

閃電跳完很興奮，簡直就像是足球員進球之後把球衣脫了滿場瘋的模樣，載著我足足繞場跑了一圈才肯停，我跟著傻笑，望向教練，望向李老闆，看到爸爸不知何時也趕來了，正笑盈盈為我用力鼓掌。

校外教學

14

今天是佳山中學校外教學的日子。在遊覽車上，我把檢定賽的細節向小麥說了又說，藏不住得意：「我是障礙六十公分組第三名喔，有獎盃喔！」雙手同時比出勝利V字型。

參觀完古蹟，學生們在廣場席地而坐吃中餐，我又逼迫小麥用手機看昨天檢定的影片。

看完後，我才理解阿福教練說要跳到「行雲流水」是什麼意思，許多選手都抓不準步伐與起跳距離，馬會跑到障礙竿前突然停下，判斷「應該跳得過吧」又突然起跳，整段路線忽快忽慢，有兩個人還因為這樣忽快忽慢而摔馬。而我除了失蹄那道竿外，一路都很順，彷彿是馬有自由意志，自己載著我跳完。

「看起來不難嘛，每匹馬都跳得過呀，而且好矮的障礙。」小麥看完咯咯笑。

「什麼呀，妳來跳看看！」我忍不住辯解：「妳玩過騎馬打仗嗎，妳想像一下，妳坐在另一個人的肩上，那個載妳的人跑一跑突然跳一下，但妳坐在上頭不能抓東西喔，妳知道那有多晃嗎？」

小麥看我認真起來，只好聽話把眼睛閉起來。「嗯，真的很晃！」接著小麥雙手張開，身體誇張前後晃動，唱著Rap歌詞。「音浪—太強，不晃會被撞在地上……」

我被小麥逗笑：「也沒錯啦，六十公分對馬來說很簡單，隨便都跳得過。」

跳得過，與跳得好是兩回事。我好不容易建立的自信心仍是玻璃心。我把剩下幾口飯扒完，小麥突然把手機伸到我面前問：「小光，這是妳嗎？」

是宋以琳ＩＧ上的文章。畫面中確實是我騎著閃電，我的臉轉向另一邊沒被拍到，閃電的嘴裡有白沫，照片把馬嘴上的白沫用紅線圈起來，還特別加了一張口角白沫放大圖，旁邊配了文字寫：「不解釋」。底下的留言一面倒責備騎手，說騎手很殘忍，不顧可憐的馬被騎到口吐白沫，虐待動物。這些照片應該是昨天檢定時，學員們拍下來的花絮吧，不知怎麼傳了出去。

我愣在原地，腦袋一片空白。原來所謂網路霸凌是這個感覺，好像在另外一個地方，有人開了一槍，那子彈穿越時空，然後就砰一聲，射進我的腦袋。

我壓著脾氣向小麥解釋。

「這根本和虐待動物無關！馬匹如果很專心時，會不斷咀嚼口銜，去感覺韁繩傳過來的指令，才會吐口水有白沫。厲害的人，騎十五分鐘馬就滿嘴白沫了，不厲害的人騎兩小時馬也不會吐白沫。」

「原來如此啊。」小麥點點頭。「要去留言解釋嗎？」

「算了。」我搖搖頭，搞不好還笑我對號入座，受到更多惡意攻擊。

如果是以前，我一定有很多情緒，但現在的我太累了。累到想哭卻沒有空去理會，我只要停一下下就會被功課、考試與馬事給淹沒。我現在就像溺水的人，我不能哭，溺水的人張嘴就是要忙著呼吸。哭，是活下來之後的事。

吃完飯後是親山健行活動，學生們集合後往古蹟旁的小山頭出發。小麥因為肚子痛上廁所較久，我等她一起回到山路上時，不巧就被老師排在宋以琳與大小跟班的後頭，真是冤家路窄。

我想超車到更前面的隊伍，但是山徑小，又塞滿了學生，也只好跟著走走停停。我與宋以琳之間的空氣成分複雜，有委屈，有憤怒，也夾藏著我想與人和諧相處的渴望，讓我呼吸困難。

正胡思亂想時，一些莫名的沙土從天飛落，掉到頭上，進了眼睛。我以為是風吹的，但隨即有更多細土碎石劈哩啪啦的掉在頭上，女生們感到莫名其妙，抬頭往上看，只聽到「哈哈哈……」上方山路上有幾個男生放聲大笑。

「喂！你們幹嘛啦！」大跟班用力抗議，側著頭撥下一些碎土。話才剛說完，又一些黑影掉下來，恰巧掉在宋以琳的頭髮上與衣領裡。

大小跟班瞄一眼後，驚聲尖叫：「蟑——螂——！」

宋以琳的尖叫聲更如女高音般穿破雲霄：「趕快幫我拍掉啊——救命呀——！」她一直甩頭髮，急跳腳。

「我不敢……」大小跟班嚇到不斷後退，擠到我與小麥身上。

上方男生們笑聲爆裂開來。

咦，丟在宋以琳身上那不是……象鼻蟲和角金龜嗎？雖然才三月而已，已經有些甲蟲跑出來了。甲蟲的腳勾住宋以琳的卷髮與毛衣，宋以琳無法把蟲甩掉，像個瘋婆子又哭又跳。我暗笑著，心裡升起一股報復的快感，老天爺偶爾也是公平的。

但我隨即想到，這些甲蟲很倒楣，隨便被屁孩們抓來玩，而且掉在山路上的甲蟲，非常容易被遊客踩扁，實在無辜。一想到這裡，我立刻跨向前，對宋以琳大喝一聲：「妳不要動！我幫妳抓！」

我撥開宋以琳的長髮，仔細捏起一隻甲蟲。

宋以琳驚恐的說：「衣服裡還有！」

我按住宋以琳的肩膀：「蹲下來我看。」宋以琳馬上乖乖蹲低，我掀開她背後毛衣查看，又伸手進去抓出一隻蟲。

宋以琳驚魂甫定，眼角掛淚，看到我手上的蟲嚇得倒退兩步。

我左手右手各握了一隻蟲，現在好了，該怎麼回報那些臭男生？

我對前方大聲說「借過」，撥開人群走向上，來到一群嘻嘻哈哈的男生面前，男生們看到我立刻竊竊私語偷笑，一看就知道是他們搞鬼。

「是誰？」我板著臉問。

男生們看到我認真的臉，止住笑，靠在一起互相推擠彼此。

我把手伸向前：「有人的東西掉了。」

隔了幾秒，終於有個男生伸出手，把手心打開。我把蟲子倒在他手上，轉身回去。

我才往回走幾步，後方男生又開始胡鬧：「哦——喔——」、「很酷喔，戀愛了喔——」真是拿他們沒辦法。

回自己隊伍的路上，大家交頭接耳著，不知晚一點 Line 上是不是又一陣八卦。我的腿突然有點軟，真不知剛才哪來的膽。

大家又繼續走走停停，幸好一路上沒有蟲子或碎土再丟下來了。

宋以琳經過剛才的鬧劇，心情仍沒平復，一路沉默，我和小麥則開始聊起甲蟲的話題。不知不覺，終於爬到頂峰的平坦處。我趕緊隨便找個地方坐下，狂灌開水，按摩痠透的雙腿，享受山風。

宋以琳走到我旁邊，遲疑一會兒後輕聲說：「謝謝，欠妳一次。」說完她就轉身先下山了。這一句謝謝，比山風還清涼，趕走我整路心裡的燥熱。

隔天中午，小麥拿出手機給我看宋以琳的ＩＧ，她發了一篇新的文章，仍是馬匹嘴角吐白沫的照片，但文字內容說明「其實，馬匹『受銜』時就會口吐白沫喔」。底下留言一片讚許「原來是這樣啊」、「學到奇怪的知識了」……

被最討厭的人出手相救是什麼感覺呢？我心裡面也在猜疑著。但這次的蟲蟲危機，讓我發現，我沒那麼壞，宋以琳也沒那麼壞。

15 我與閃電的英雄旅程

「噗——」好大一聲，閃電又趁我幫牠刷毛時放了個響屁。

「你是故意的吧！」我捏住鼻子打閃電的屁股。

最近比較少下雨，我把握時間多練習，教練也不斷變換障礙擺設，設計不同關卡。對馬來說，訓練要像玩遊戲一樣，不然會變成無聊的工作，因此要不斷變換訓練方式。

「強迫動物是下下策，要讓動物開心去做，效果才會好。馬就像個小屁孩，要順著牠的方式哄牠。」教練手抱胸：「像英明本來也是個屁孩，我們順著他的方式哄他教他，現在他就正常多了。」

「怎麼哄？」我問。

「美人計啊！」阿福教練握緊拳頭，憤恨的說：「我犧牲了我的女人，才把他治得服服貼貼。」

「有病要吃藥啊你……」我翻了個白眼。

接下來的訓練計畫，我要學習用更刁鑽的角度跳障礙，才能在比賽中節省更多秒數。

教練在紙上畫了一個直角三角形，解釋給我聽：「妳以前轉彎，都是轉一個大直角，繞到竿子前直線進竿，雖然安全，但是路線長，秒數也長。」

教練指著三角形的斜邊：「現在妳要學會斜線切進障礙，跳過之後，立刻急轉彎到下一道障礙。」教練扳著手指數：「『斜線進障礙』與『急轉彎』，這兩項都非常困難喔。」

練習場中，大熊教練正在練馬，阿福教練對他喊：「喂，大熊，你幫我示範斜進障礙和急轉彎給我們家小光看一下！」

大熊教練高又壯，留著大鬍子，很嚇人的模樣。大熊教練說：「不行啦，我這匹『黑洞』是新手，等一下會摔。」

「就是想要看你摔啊！」阿福教練開玩笑。

「你馬的哩！」

「齁，有小孩在不要講髒話。」

「我哪有講髒話，我是說你馬的技術很好啦！」大熊手一揮：「好啦，去把我的爆炸背心拿來。如果爆了你給我出錢。」

教練們自恃技術好，上馬常偷懶不穿安全背心，現在主動要穿安全背心，可見有些難度。

「我先講，不是我不行，是黑洞太菜了。」大熊教練套好他的安全背心，開始騎著黑洞繞圈跑，找到一個斜線角度往障礙竿靠近，跑著跑著接近竿子，是起跳點，大熊教練站起來手讓韁繩，黑洞前腳抬起看似要跳，卻突然往旁扭一下，身體貼著竿子跑開。

「靠北喔！」大熊教練被馬一甩，身體被摔歪到一邊，但他反應很快立即抱緊馬脖子，重新坐回馬鞍，大笑：「哈哈哈，我是叫馬靠北邊走喔！」

「一二三四，再來一次！」大熊教練被激起來，開始不服輸帶馬重練，他瘋瘋的樣子，不知為何很討人喜歡。

阿福教練轉頭告訴我：「看到沒？這就是妳等一下可能會摔的樣子。去把爆炸背心穿好。」

我睜著無辜的雙眼：「這樣誰還敢練……」

大熊教練遠遠的叫我：「小朋友，妳放馬過來啊！」

阿福教練推了我一把。

回想這一段與閃電相伴練習的歷程，我似乎也變身成電影《阿凡達》的主角。在《阿凡達》中，每個納美人都要馴服一頭屬於自己的飛龍，當他們建立「連結」時，彼此心意相通，飛龍就會載著主角上天下海。

我終於看懂自己了。明明我之前受過傷，一上馬就會害怕，恐懼像是無數毛毛蟲從心底爬出，讓我緊張到動彈不得，但是卻有另一股無法壓抑的慾望，驅使我想要回到馬背上，只要看到別人騎馬，我又著了迷。

「有一頭獸正為我奔馳。」我渴望這樣詩意的時刻。我信任牠，牠信任我，我們共同飛躍。

不愛馬的人，是無法從事這項運動的，因為騎馬並不是一種征服，馬比人強壯太多了，馬只要隨便一個拱背，就能把人拋到地面。想要騎馬，是來自於心底的呼喚——渴望連結。

以前我看別人跳障礙，搞不懂到底是馬自己跳，還是人命令馬跳？我問過教練，教練說：「都有，要人馬合一。」我還是不懂。

現在我知道，有時是我，有時是閃電。牠想跳，牠也為我而跳。常常我們才剛跳起，就在騰空那一秒，我覺得我還沒下指示呢，閃電似乎就知道待會兒我要右轉，一落地，牠會立刻改成以右前肢領跑向右。

「因為妳和閃電練出默契了，妳在騰空那瞬間，心裡的想法反應到身體，肢體微微變化的那一丁點訊號，閃電就能感受到，就能瞬間反應。」阿福教練說人馬之間的心電感應是這樣來的。

阿福教練決定，接下來這幾個月讓閃電專屬於我騎，暫時不給別的學員騎。

「不然馬會錯亂，會壞掉。」

這是營業馬的慷慨與命運。營業馬每天要應付各種不同程度的學員，因此營業馬通常都狀態不好，無法保持靈敏。

我與閃電重逢，雖然只有短短時間，但我知道，這是只屬於我們倆的英雄旅程。

全中運

16

桌曆一格又一格畫掉，來到我手寫上「全中運」的日子。

我照照鏡中的自己，上身是輕柔的純棉白上衣，繫上鑲銀邊的白領巾，下半身是白色馬褲，腳上穿黑色馬靴與綁腿，最後再套上深藍色西裝外套——這是吳阿姨幫我借來的正式比賽服，馬褲左大腿側邊有一處磨成灰色了，是原主人摔馬的印記。

「太帥了，拿這個娃娃再拍一張！」爸爸遞上道具，叫我擺各種姿勢。

「已經拍一百張了，夠了！」

今年全中運由西敏馬場主辦，爸爸說我好狗運，不但有主場優勢，還省去運送馬匹的費用。比起衣服來，運送馬匹才是昂貴的花費。

馬場今天擠滿了人與車，許多馬匹從遠地被送來比賽，教練與選手們忙著檢錄，陪同觀賽的人擠滿場邊，手持長鏡頭的記者來回穿梭，氣氛緊張熱鬧。爸爸雖然不是這次指派協助的獸醫，但三不五時被請去幫忙，很快就不見蹤影。

我與閃電，是所有騎手與參賽馬中最矮的。

「大家都好高喔！」我總覺得高大的選手壓迫感十足，好像比較厲害。阿福教練整理我的領巾。「不用嚇自己，騎馬和其他運動不一樣，瘦小的選手對馬的負擔小，反而占便宜。」

大會廣播響起：「馬術障礙選手可進場查看路線，可用時間三十分鐘。」我趕緊隨同大家進場。

我下場把障礙路線來回走了幾遍，在我的腦海裡，就像平常打電玩一樣，我已經把障礙場地開好圖了，能三百六十度旋轉環視，接著我用自己的步伐去換算閃電的步伐，估算出閃電最合適的助跑距離與起跳點，然後我就一遍又一遍在腦海中模擬不同的跳躍路線。

障礙竿的裝飾也是檢查的重點，在二〇二〇年東京奧運時，地主國日本在障礙竿旁放了一座相撲選手雕像，因為造型太逼真，造成許多馬匹在雕像前拒跳，引起爭議。至於今天的比賽，我走動兩圈後，判斷應該沒什麼大問題。

「妳打算怎麼跳？」阿福教練問。

「第一輪保守跳，不要扣點。」比賽要跳兩回合，兩回合的扣點會加總。

「對，如果第一輪妳就掉竿，第二輪妳壓力就會很大，不敢跳快，可是第二輪要比速度快的。」阿福教練拍拍我：「兩個回合的路線不一樣喔，妳有記住嗎？」

我點點頭。現在對我來說，記路線不是什麼難事了，但不可以掉以輕心，有時一個分神馬衝過頭，再拉回來就會浪費好幾秒。

一號選手已前往比賽場地，其他馬兒們全在準備區熱身。這些馬來自四面八方，彼此陌生，馬兒天性敏感，不熟悉的氣味讓牠們躁動不安。

工作人員進來喊：「二號請準備。」二號選手命令他的大花馬前進，但馬卻不斷甩頭，看起來有點抗拒。工作人員想要幫忙牽韁繩，二號選手說：「沒關係。」把馬轉了一圈，竟然改成「倒退嚕」，就這樣一步步倒退出去！

全場選手有的瞪大眼、有的笑出聲。教練悄聲對我說：「那匹馬很聰明，隔著遠遠的就感覺到要比賽，在耍賴，所以牠的騎手就故意倒退走，讓馬一路都看不見比賽場地，等到進場了就只好硬著頭皮上。」

我恍然大悟。「好像我媽以前騙我出門，結果是看牙醫。」

我的序號是五號。教練把握時間拿手機和我一起看比賽直播。今年馬術協會為了推廣馬術，讓觀眾更能理解賽況，除了有網路直播還特地配上主播解說。

我看到一號進場了，她的馬狀況不太好，動力不足，會慢下來變快步，拖拉一陣後，總算是進了起點線，前二道竿都穩穩跳過，到第三道竿前，馬匹突然拒跳，從旁跑開。

「哎呀，馬匹不服從！一號青雲國中的選手，現在帶馬重跑一圈，再次來到第三道障礙前……又再次拒跳！兩次不服從，依規定直接淘汰。」主播的聲音持續傳來。

廣播響起：「一號選手淘汰。二號選手請進場。」

接著，二號騎著大花馬用倒退的方式進場了，全場觀眾議論紛紛。等大花馬轉過頭看見障礙竿，很不開心，頭把韁繩甩個不停，但二號騎手非常了解他的馬，安撫一會兒，馬便聽從指令開始跑。只是沒想到，連過兩道障礙之後，大花馬竟然同樣在第三道竿前拒跳。

主播聲音開始亢奮起來。「太意外了，現在代表瑞安國中的二號選手，重新再繞一圈，會跳過去嗎……竟然……再度拒跳！不可思議，連續兩匹馬在三號障礙前拒跳，我們看一下鏡頭，看看三號竿附近，是不是有什麼奇怪的東西……」

二號選手遭到淘汰。

怎麼回事，第三道障礙竿有什麼？

「有結界！真的有障礙之神！」我驚呼。

教練趕緊放大手機畫面。「什麼障礙之神，應該是障礙裝飾的關係。」鏡頭裡隱約可以見到障礙竿下有造型裝飾，看起來很普通，沒想到馬竟然會害怕。

「幸好我抽到五號，感謝前兩位同志的犧牲……」我捏一把冷汗。

主播的聲音如連珠炮。「三號進場了，這是新儒國中的選手，有前兩位選手的教訓，他一進場立刻把馬帶到三號竿前看仔細，希望等一下馬不要被嚇到……」

畫面中，三號通過起點，順利連過兩道障礙，到第三號竿前，馬頭往旁微偏，仍有些微抗拒的跡象，但選手早有心理準備，立刻把馬頭拉正，腿用力一催，馬只遲疑零點幾秒隨即跳了過去。雖然只是透過畫面觀看，我的身體也為馬緊張一下。

終於，三號選手十道竿順利跳完，是第一個順利完賽的選手。使用時間是七十八秒五三。

「記得要先去看三號竿。」教練叮嚀著，我點頭，與閃電到入口處準備。

四號選手進場後，先查看三號竿，接著也全數穩穩跳完，雖然慢但沒失誤。

「四號選手，時間八十九秒一一，零扣點。」

「五號選手請進場。」終於輪到我了，我帶著閃電往前走，四號選手一臉輕鬆與我擦肩而過，還說了句「加油」。

雲層很低，天空有點陰，幸好還沒有下雨，我帶馬快步來到三號竿前，總算看清楚三號竿的長相，竿子下方的柵欄中間有兩個橢圓形的田字花紋，看來一點也不嚇人，怎麼會每匹馬都嚇到呢，真不理解馬的腦袋。我故意多繞一圈，希望閃電看仔細，待會兒不要困在這裡。

「叮鈴」鈴聲響起，四十五秒倒數計時。我帶閃電交叉穿梭其中幾道竿，讓閃電熟悉場地。

又快要到起點紅旗了，這次紅旗是塑膠做的不會飄動，總該不會再嚇到了吧，但閃電又莫名其妙停了下來！

我以為是我的指令不明確，立刻腳跟加力點馬肚，閃電仍不肯走，我轉身查看怎麼了，發現閃電的尾巴蹺高，牠竟然……給我在出場時……大——便！

阿福教練立刻舉手，我也跟著對裁判舉手，大喊：「馬大便了！」裁判主席看到，廣播響起：「先暫停計時，馬匹福祉優先。」

全場觀眾大笑，攝影師相機快門喀嚓連拍，應該有順利捕捉到馬排便的那一刻吧，想到照片可能會變成報上的小花絮，想到直播正一秒不停播送，真是哭笑不得。

好不容易閃電大便完，接著牠的屁股略為降低，兩隻後腿張開，這是馬匹尿尿的準備動作，然後「淅瀝瀝——」開始撒尿。

「五號的馬變輕了，等一下應該比較好跳喔！」裁判主席忍不住開玩笑，全場觀眾又笑。我真是敗給閃電了，現在是關鍵時刻啊，我都快緊張死了。

終於閃電尿完，雙腿收起來站好。

主席廣播：「重新計時，五號請開始。」鈴聲隨即響起。

我把外方腿向後、內方腿一壓，閃電敏捷的跑起來。

不要緊張，第一回合的路線並不難，在熟悉的場地，就當平常訓練一樣。

進入起點線了。五、四、三、二、一，起跳，落地，過第一道竿。

再來四步，四、三、二、一，起跳，落地，再通過第二道竿。

緊接著，讓人失誤連連的第三道竿就在眼前，我不能緊張，如果我的身體僵硬，動作就會不靈敏，就算每一拍只慢個幾毫秒、就算手讓韁繩只是少個一公分，在高速進行的障礙賽中，也會造成失誤，更重要的是——閃電也會感覺得到。我嘴裡發出噠噠的彈舌音，每一步都輕夾閃電的肚子，告訴牠「不要停」。

來到起跳點了，閃電沒有任何遲疑，起跳——落地——順利通過第三道竿！

其餘的竿子沒有特別的花樣，雖然被漆上非常亮眼的顏色，但是馬是色盲，不會造成太多驚擾。

接下來有些斜對角或大轉彎的路線比較遠，我保持「輕騎座」，微微地站起，減低馬背的負擔，穩穩連過好幾道竿。

我突然憶起，八年前我與閃電的第一次相遇。閃電出生的那個早晨，馬場請爸爸來接生，馬場本來要把牠命名為叮噹，在旁玩耍幼小的我說「牠是閃電，脖子上有閃電呀！」因此改命名為閃電。

你是閃電，我是光，我們的緣分早早就註定。

馬喀噠喀噠四蹄狂奔，飛躍再飛躍，今天我真的與閃電要飛過另一個山頭。

來吧閃電，最後一道障礙來了，保持節奏，起跳——落地，第一回合完賽！

「五號選手，時間七十八秒五五，零扣點。」廣播響起。這成績不錯，閃電雖然個頭小，但是步頻快，跑起來像風火輪一樣。

閃電跳完好興奮，後腿還向空中飛踢，我拍拍牠的脖子，發現牠的舌頭又跑出來了。不會吧，剛才牠都甩著舌頭跳嗎？這樣拍照很搞笑耶，不能賞我一張帥照嗎，我抬頭看到前方正拚命幫我拍照的爸爸，哭笑不得。

教練幫我牽閃電回準備區，我立刻下馬擠到觀眾席，觀察其他選手。就在此時，天空開始滴、答、滴……下起小雨。

「怎麼這麼倒楣……」門口等候的六號選手忍不住抱怨。在馬術比賽中，除非雨下得非常大，否則還是照常舉行，所以六號選手只得淋一點小雨拚了。

接下來的選手，有兩人走錯路線、兩人發生馬匹拒跳兩次、一人在三號竿前摔馬，整場總共有七人淘汰，剩十三人進入第二回合複賽。我的秒數成績排在第五，依規則，第一回合越快的選手，第二回合會在越後面出場，所以我會從倒數第五順位才出場。慢出場有個好處，可以觀察前面的對手，調整跳法。

「太棒了，拚到前三名有機會喔！」阿福教練眼睛放出光芒了。「妳看到機會點在哪裡了嗎？」

第二回合的路線與第一回合不同，障礙數雖然變少，但轉彎多且難度提高，這考驗騎手怎麼處理路線，每個轉彎處都是超車的時機，也是我和閃電的機會點。閃電雖然不夠高大，但是牠非常靈敏，急轉彎的平衡非常好，甚至我感覺到牠有動機，牠想要贏。

美國歷史上最偉大的賽馬「海餅乾」，傳說就是一匹鬥志旺盛的馬，只要有馬和海餅乾並肩跑，讓海餅乾看著對手的眼睛，海餅乾就會被激出無比頑強的決心，奮戰到底不認輸。閃電似乎也有這種特質，我與閃電練習急轉彎時，牠做的比我要求的還多，我們很快就做出幾近「壓車」的特技動作，最重要的是，是牠主動帶著我去做的，牠每次逼牠自己做更多，我就會隨著牠的腳步更加前進。

小雨一直沒停。休息半小時，第二回合比賽馬上開始。

在準備區，我透過教練的手機畫面，看到前三順位的選手穩穩的跳過，成績在六十七到六十八秒之間，咬得很緊不相上下。

但第四名選手上場後，局勢丕變，代表欣欣國中的廖鋒安，一上來就瘋了般衝刺，場面驚險。

主播的聲音也轉為急促。「……廖鋒安一上來就想突破僵局，拉開秒數……馬失蹄了！馬絆了一下！可能地面太濕了，沒事，沒有跌倒，廖鋒安又繼續衝刺……哎呀，差點過頭，太驚險了！雖然廖鋒安差一點跑錯路線，但秒數來到五十六秒，目前暫列第一。」

這個速度讓接下來的選手大為緊張，全部開始瘋狂加速，比賽也變得非常刺激。接在廖鋒安之後的幾名選手，因為催馬的速度加太快，控制不穩，有的連續掉竿，有的馬拒跳。

在我前頭的是中山國中李彥然，他的馬尾巴上綁著紅線，意思是「我會踢人，不可靠近」，人馬的表現很一致，第一輪表現就很浮躁，節奏不穩忽快忽慢。

「現在比賽進入中段，越來越緊張了，大家都想超越廖鋒安的紀錄。

李彥然看起來也是來勢洶洶。他進入起點了……一、二、三、四、五，五步就能跨向第三道障礙，這匹馬步伐大又快……」主播也教大家數步伐。

「啊，馬反跑了！」主播、我、教練三個人同時喊出來。

所謂反跑，不是跑錯方向，而是馬出錯腳。馬急轉彎時，身體會像騎機車「壓車」一樣，向轉彎方向傾斜，為了維持比較好的平衡，得要「正跑」，就是馬右轉彎得要先出右前腳，左轉彎則先出左前腳。馬自己跑時會自動調整正反跑平衡，但如果馬載了人，不一定能及時調整。

李彥然跳過第五道障礙落地時，身體重心不穩失去平衡，馬又反跑，果然一過彎，李彥然和馬雙雙摔倒在地，觀眾們驚叫。馬很快站起來，像是沒什麼事，但李彥然躺在地上，沒有動靜。

「教練和醫療人員都到場中間了……李彥然還沒站起來，希望他沒事……」主播為他祈禱。

人和馬一起摔倒是很危險的事，不管在國外或台灣，都發生過選手被馬當場壓死的悲劇，一匹成馬重達四、五百公斤，高速下被重壓有如巨石砸在身上。

這時工作人員引我與閃電到入口處等候。我邊走邊想，等一下會聽到掌聲，還是救護車的聲音？

幸好，接近入口處時熱烈的掌聲傳來，李彥然被教練扶著，一拐一拐走出場。

「五號選手請進場。」

雨水打進我的眼睛。地面已經被前面的選手踩了一個又一個印子，雨水積在裡頭變許多小水坑。

我深呼吸，開始帶著閃電跑步繞場。「再快一點！」我的雙腿加力，同時右手鞭子向後輕點，告訴閃電再加速。如果要超越廖鋒安或其他選手，這一輪的速度就要比第一輪快很多才行，但速度一快就容易失誤，這考驗平常練習的強度。

保持定速，進起點線。第一道障礙就是兩個連續組合竿。

我緊盯著第一道障礙，四、三、二、一，起跳——落地。緊接後三步完全是靠閃電的自主判斷，三、二、一，閃電起跳——落地。

第三道竿在右手邊，當我在第二道障礙騰空時，我眼睛已向右看去，肩微右轉，閃電讀到我的想法，落地的瞬間立即改成右前腳領跑，向右奔去。

韁繩就像是臍帶，連著我與閃電，連接著心臟與心臟。

右轉彎後又是兩道連續組合障礙，閃電的後肢是強而有力的引擎，源源不絕輸出動力，我幾乎都忘記自己有沒有呼吸。

過了第五道竿，我腦海想的是下一步——挑戰斜線進竿。我的計畫是這樣：第六道竿在我的左後方，第七道在第六道的右後方，是個連續S形轉彎。但是第六道障礙擺設角度故意刁難偏斜，在這裡我打算要賭一把，我稍微向右前拉出迴轉空間，接著立刻向左急轉，朝第六道奔去以斜線進竿。如果我能成功，在這裡我會贏很多秒。

聽說人類之所以會從事極限運動，並不是因為不怕，反而是因為極限運動會打開大腦的保護機制，恐懼讓人集中精神，保持清醒，感受到存在感，既謙遜又自信的感覺會同時沖刷心靈。

「在馬背上騰空的那一秒，是我一天中最清醒的一秒。」阿福教練曾經這樣對我說過。

我懂這個感覺，雖然思緒飛快，閃電的腳步狂奔，可是對我來說卻有如電影的慢動作鏡頭，進入極度專注的心流之後，會進入沒有時間的真空。

「準備，左轉！」我左手韁一拉、腳一擠，閃電立刻向左急轉彎，六號竿就在前方，以二點至八點方向傾斜，很嚴苛的角度，只有短短四步就要起跳。

「縮短韁繩！把路線堅持在雙手雙腿之間！」教練的嗓門似乎在我耳邊迴盪：「馬會非常專心去感覺妳，就像是正駕駛把眼睛蒙著開車，只能聽副駕駛指揮，人馬合一就是這樣！」

三、二、一，起跳……

唰！

「嘩——」觀眾們鼓掌叫好，過了，這一跳太驚險了！

閃電就像是小學大隊接力的最後一棒，你會把得勝的希望都寄託在牠身上的那種孩子，牠根本奮不顧身。

斜跳過第六道，來到S形轉彎的下半段，我要閃電提早轉進面對第七道竿，把助跑距離縮短，總共只留兩個步伐給閃電，非常緊迫的距離，完全要依賴閃電的肌耐力與爆發力，如果急轉彎後起跳動力不足就完了，不是撞竿，就是得重繞一圈助跑。

「就是這裡，右轉！」一個急轉向右，二步，一步，閃電起跳——過了！

連續幾個充滿爆發力的動作，閃電已經火力全開，都快要飛起來了，感覺速度有點失控，最後一道竿就在正前方。

七步、六步……閃電太快了，我估不到七步就得起跳……來了！閃電提早躍起，我跟著站起騰空，雨水迎面而來……

同時聽見輕輕「咚」一聲，馬蹄撞到竿子！

我心涼了半截，回頭一看，最後一道竿子搖晃一下——沒有掉下來，沒有扣點。

閃電順利落地！

「使用時間五十三秒二二，零扣點。」大會廣播響起。

「嘩——」觀眾席爆出如雷的掌聲與歡呼。

這個落地，在我心裡有如人類踏向月球那麼偉大。我興奮到漲紅了臉，兩手抱住閃電的脖子狂揉著，好傢伙，你這個屁孩，你真的是個可以臭屁的孩子，我要賞你吃一百顆方糖，把你的臉從額頭到下巴都親一遍，再把你的尾巴綁上七彩的勝利蝴蝶結！我們成功了！

三年前我和閃電在這裡摔倒，沒想到三年後我們能站在這裡，跨越之前無法想像的疆界。

喀噠喀噠，滴答滴答，雨從眉間流下打濕了我的眼。閃電奔了好一段才慢下來，連喘幾口大氣像雷鳴，我也喘著氣，似乎到現在才想起來怎麼呼吸。

「太棒了，有機會上頒獎台了！」阿福教練和爸爸興奮的跑過來迎接，用力拍閃電的脖子和屁股。

雖然我排名暫列第一，但是在我後頭出場的四個全是實力更強的選手。

其他選手看到廖鋒安與我，都被逼得採用更大膽的跳法，但沒有成功。只有代表明德國中的歐語初，她與馬的默契十足，而且馬匹素質極優異，敏捷又飛快，跨欄時馬後腿縮得非常高，幾乎不會踢掉竿子，輕鬆拿下冠軍。

最終比賽結果出爐，我與閃電拿下第二。

「簡頤光，要死了妳，給我偷跳障礙！」熟悉的聲音傳來，那不是……媽媽嗎，弟弟跟在旁邊笑，讓我又驚又喜。媽媽嘴裡罵我，她臉上卻藏不住開心。

下午的頒獎典禮，裁判主席把獎牌掛在我脖子上，爸爸和教練們同時用口哨吹起《追殺比爾》的主題曲，咻——咻——咻咻咻——，場面真的很搞笑，觀眾笑，我也大笑，只是莫名其妙，我的眼睛又濕了。

頒獎完全家大合照，我作勢敲弟弟一記。「你要回來加油幹嘛不講！」

「爸說surprise嘛。」弟弟伸手擋住我的攻擊。

媽媽瞪我一眼說：「什麼加油，我是回來幫妳跟馬場請假的。」媽媽一手插腰，一手把我的脖子轉向鏡頭：「再騎下去還得了，不用讀書了。」

攝影師說：「看這邊喔，西瓜甜不甜？」

全家一起說：「甜！」

喀嚓！

17 園遊會

三月最後一次班會，要表決園遊會的項目。我提出新點子：「我提議向馬場租借小馬給遊客繞圈圈，一圈兩百元。」

想不到這主意得到熱烈回響，全班七嘴八舌討論：

「順便賣紅蘿蔔和飼料餵馬。」

「不只小馬，大馬也要借，不然只賺到小朋友的錢。」

「還有跟馬合照也要收錢……」

「不行，跟馬合照不能收錢，家長會幫小孩拚命拍照，接著小孩就會叫爸媽花錢來騎。」

「沒錯，一堆人來免費拍，我們這一區人擠人，就會有更多人來排隊！」

「我有拍立得，拍完立刻拿照片，這樣就可以賺到拍照錢了！」

同學們提出各種賺錢構想，看來大家小時候排隊騎馬的回憶都十分溫馨美好。

老師聽完很贊同。「佳山小學部的學生多，騎馬生意應該不錯。我建議同學們想想如何加強宣傳，免得到下半場生意才熱起來。」

其實我早就想好對策了，宣傳這件事絕對要交給宋以琳，我和她不能互相對抗，要強強聯手才能所向披靡。教練說過，屁孩就要用屁孩的方式去治，宋以琳好面子，出風頭的事就交給她。

「我想拜託宋以琳，由她擔任宣傳組長，因為她網路粉絲多，很受歡迎，最適合。」我看向宋以琳。

宋以琳面露詫異，但沒有拒絕，同學們也紛紛附和。

宋以琳看許多人拱著她，面露喜色，竟然也幫忙想主意。「我們可以每個整點都把馬牽出去繞一下，這樣一定很吸睛。」

就這樣，僵持了許久的園遊會，突然打通關節，全班立即動起來分派各種工作。

園遊會這天，騎馬活動果然造成大轟動，我們只有把馬牽出去宣傳一次而已，遊客就大排長龍，根本來不及消化人潮。幸好馬場有派工作人員來協助我們，還經驗老到預先準備號碼牌發放，不然排隊的家長們排到快翻臉了。

這一天全班都好有成就感，忙得好帶勁，據説其他攤位對我們班的評價為「寫下新一頁的傳奇」。下午收攤時已黃昏，辛苦的馬兒送上運馬車載回馬場，場地清掃完畢，同學們陸續散去。

總務股長與我最後留下結算金額，把現金交給老師保管，扣掉與馬場談妥的費用，算一算還賺了一筆。

「你們平常只知道怎麼花錢，現在終於也懂如何賺錢了。」老師讚許。

我拿起背包，踢一踢站得發痠的雙腿，一個熟悉的身影出現。

「莊為芬！」我驚喜大叫。「妳竟然沒有來捧場！」

「抱歉啦，我今天代表學校參加朗讀比賽，沒辦法來。」莊為芬露出依舊和氣的圓圓笑臉。我們兩個又像從前，放學時間結伴走，聊著生活點滴。

「其實……公立和私立也沒差那麼多啦，畢竟大家都讀差不多的課本嘛，只是，沒有人會搭直升機來了。」莊為芬聊到誇張的往事，我們忍不住咯咯笑。

我告訴莊為芬，上次校外教學後，大小跟班就不再為難我，宋以琳暑假後也將要轉到國際班去，順著家人的意思出國讀高中。

「我後來上網查宋以琳家的新聞，才知道她爸媽當年的新聞鬧得很大，她小時候應該曾經過得很辛苦……」我一邊說，一邊揮手趕走頭上成群飛舞的細小飛蟲，夏天快來了，蟲子也多起來。

莊為芬拆一包餅乾，分一片給我。「欸，如果妳可以選擇，妳會選擇當現在的妳，還是當宋以琳這種超級有錢人、但家裡很多鳥事啊？」

「嗯……妳先說？」我接過餅乾。

「我先問的，妳先說！」

「當有錢人很棒耶，為什麼要逼我選，可以加起來除以二嗎，哈哈！」

「哈哈……」

到了岔路，我和莊為芬揮手道別，騎上自行車後直接回家。全中運那天領完獎，媽媽竟真的毫不給我面子，押著我向馬場請一陣子的假。我得好好把落後的功課給補回來才行，不然下次媽媽回來會殺了我。

這晚，爸爸從廚房端出剛煮好的兩碗泡麵，下了顆水波蛋，灑上蔥花，霧氣爬滿爸爸的眼鏡。

「不繼續騎會不甘心嗎？也許妳有天分？」爸爸摘下眼鏡吃麵。

我把半熟的蛋黃攪和在麵裡，想著答案。

教練和爸爸曾告訴我，一般休閒騎馬活動，普通上班族尚可負擔；但若想成為專業選手，特別是世界級的選手，那就是世界級富豪的花費，必須要旅居國外，人、馬與照顧馬的團隊得搭飛機飛來飛去，參加重要的積分賽。

「一開始有點不甘心，越騎要花越多錢，為什麼有錢人的困難就少一半？」我對熱湯吹吹氣。「但教練說，我怎麼會以為花錢買好馬就會學得好？以前他們當學徒時，只能等馬場下班，騎那種客人挑剩、很難騎的馬，技術是這樣練起來的。他叫我不要好高騖遠，先想想騎馬的初衷。」

「那妳的初衷是什麼？」爸爸把碗端起來唏哩呼嚕的喝湯。

「一開始就是喜歡馬……覺得騎馬很帥，喜歡和馬作伴。」

爸爸打了個嗝。「呃，這樣就夠了？」

「如果沒有錢，快樂就不能成立的話，那這件事本質就不快樂呀。如果你沒出錢讓弟弟去日本，他現在也還是留在台灣，繼續下他自己的棋，有沒有錢是另一件事。」像大人說些人生道理還真不好意思，我低頭撥動著湯面浮起的油漬。

爸爸聽完露出笑容，把眼鏡戴上，故意靠近盯著我看。

「幹嘛？」我覺得怪難為情。

「刮目相看。」

「看屁啦，笨蛋！」我故意摘掉爸爸的眼鏡。

溫暖的燈光下，泡麵有爸爸的獨家幸福調味。

我也打了個滿足的嗝——呃。

九　歌　少　兒　書　房　2　9　6

馬背上的少女

國家圖書館出版品預行編目 (CIP) 資料

馬背上的少女 / 徐慧芳著 ; 劉彤渲圖 . -- 初版 .
臺北市 : 九歌出版社有限公司 , 2023.09
面 ;　公分 . -- (九歌少兒書房 ; 296)
ISBN 978-986-450-594-4(平裝)
863.596　　112012409

作　　者——徐慧芳
繪　　者——劉彤渲
責任編輯——鍾欣純
創 辦 人——蔡文甫
發 行 人——蔡澤玉
出　　版——九歌出版社有限公司
台北市 105 八德路 3 段 12 巷 57 弄 40 號
電話／02-25776564・傳真／02-25789205
郵政劃撥／0112295-1

九歌文學網　www.chiuko.com.tw

印　　刷——晨捷印刷股份有限公司
法律顧問——龍躍天律師 ・ 蕭雄淋律師 ・ 董安丹律師
初　　版——2023 年 9 月
定　　價——320 元
書　　號——0170291
I S B N——978-986-450-594-4
9789864505968 (PDF)